# Épisodes d`irréalité immédiate

## Par Max BLECHER

*Traduction et adaptation Mary POPE*

MKM - 2024

# Contenu

« Je halète, je m'enfonce, je tremble, j'expire »

P. B. Shelley

# I.

Quand je regarde un point fixe sur le mur pendant un long moment, parfois je ne sais pas qui je suis, ni où je suis. Je ressens alors, de loin, l'absence identitaire, comme si j'étais devenu, pour un instant, une personne totalement étrangère de moi-même. Ce personnage abstrait et ma personne réelle défient mes certitudes avec des forces égales.

L'instant d'après, mon identité est retrouvée, comme dans ces vues stéréoscopiques où les deux images se séparent parfois par erreur et ce n'est que lorsque l'opérateur les met en place, en les superposant, qu'elles donnent soudain l'illusion d'un relief. La pièce m'apparaît alors avec une fraîcheur qu'elle n'avait pas auparavant. Elle retrouve sa consistance d'antan et les objets qu'elle contient se déposent à leur place, tout comme dans une bouteille d'eau un morceau de terre brisée se dépose en couches d'éléments différents et bien définis et de couleurs variées. Les éléments de la pièce sont superposés dans leur propre contour et dans la couleur de l'ancien souvenir que je garde.

Le sentiment d'éloignement et de solitude, lorsque ma personne de tous les jours s'est dissoute dans l'incohérence, est différent de toute autre sensation. Quand cela dure plus longtemps, ça devient une peur, une peur de ne jamais pouvoir me retrouver, car au loin, une silhouette incertaine persiste en moi, entourée d'une grande luminosité, comme certains objets apparaissent dans le brouillard.

La terrible question *qui suis-je exactement ?* vit alors en moi comme un corps entièrement nouveau, qui a grandi à l'intérieur de moi, avec une peau et des organes qui me sont complètement inconnus. Sa résolution est requise par une lucidité plus profonde et plus indispensable que celle du cerveau. Tout ce qui est capable de s'agiter dans mon corps, s'agite, tremble, lutte et se rebelle d'une manière plus forte et plus élémentaire que dans la vie de tous les jours. Tout demande une solution.

Plusieurs fois, je retrouve la chambre telle que je la connais, comme si je fermais et ouvrais les yeux. Chaque fois la pièce s'éclaircit de plus en plus, comme un paysage apparaît dans une longue-vue, de mieux en mieux organisé, comme, au fur et à mesure de calibrer les distances correspondantes, nous traversons tous les voiles d'images intermédiaires.

Je me reconnais enfin et retrouve la chambre. C'est une sensation de légère ivresse. La pièce est extraordinairement condensée dans sa matière, et moi, revenu implacablement à la surface des choses - aussi profonde que fût la vague de confusion, tant son sommet est haut. Jamais et en aucun autre cas, il ne me semble plus évident que dans ces moments-là que chaque objet doit occuper la place qu'il occupe, et que je dois être qui je suis.

Ma lutte dans l'incertitude n'a donc pas de nom. C'est un simple regret que je n'aie rien trouvé au fond d`elle. Cela m'étonne qu'une absence totale de sens puisse être si profondément liée à mon essence intime. Maintenant que je me suis trouvé et que je cherche à exprimer cette sensation, elle me semble tout à fait impersonnelle : une simple exagération de mon identité déployée comme une maladie cancéreuse à partir de sa propre substance. Le tentacule d'une méduse qui s'est étiré au-delà de toute mesure et a cherché, exaspérée, à travers les vagues jusqu'à ce qu'elle revienne enfin sous la gélatine de la ventouse. En quelques instants d'angoisse, j'ai traversé ainsi toutes les certitudes et les incertitudes de mon existence, pour revenir définitivement et douloureusement à ma solitude.

C'est alors une solitude plus pure et plus pathétique qu'auparavant. Le sentiment d'éloignement du monde est plus clair et plus intime : une mélancolie claire et douce, comme un rêve dont on se souvient au milieu de la nuit.

Elle seule me rappelle un peu du mystère et du charme un peu triste de mes *crises* d'enfance.

Ce n'est que dans cette disparition soudaine de l'identité que je trouve mes effondrements dans les espaces maudits d'antan, et ce n'est que dans les moments de lucidité immédiate qui suivent le retour à la surface, que le monde m'apparaît dans cette atmosphère inhabituelle de futilité et d'obsolescence, qui s'est formée autour de moi lorsque mes transes hallucinatoires ont fini de m'abattre.

Il y avait toujours les mêmes endroits dans la rue, dans la maison ou dans le jardin qui provoquaient mes *crises*. Chaque fois que j'entrais dans leur espace, les mêmes évanouissements et étourdissements s'emparaient de moi. Véritables pièges invisibles, placés çà et là dans la ville, à l'image de l'air qui les entourait, ils m'attendaient férocement pour devenir la proie de l'atmosphère particulière qu'ils renfermaient. Un pas, si je faisais un seul pas, j'entrais dans un tel *espace maudit* et la crise viendrait inévitablement.

L'un de ces espaces se trouvait dans le parc de la ville, dans une petite clairière au bout d'une ruelle, où personne ne se promenait jamais. Des buissons d'églantiers et d'acacias nains qui l'entouraient s'ouvraient d'un côté sur le paysage désolé d'un champ désert. Il n'y avait pas d'endroit au monde plus triste et plus abandonné. Le silence s'étendait sur les feuilles poussiéreuses dans la chaleur stagnante de l'été. De temps en temps, l'on entendait l'écho des trompettes des régiments. Ces appels prolongés dans le désert étaient d'une tristesse déchirante. Au loin, l'air chaud du soleil tremblait vaporeusement, comme une bouffée transparente flottant au-dessus d'un liquide bouillant.

L'endroit était sauvage et isolé, sa solitude semblait sans fin. Là-bas, je sentais encore plus fatigante la chaleur de la journée et plus dur l'air que l'on respirait. Les buissons poussiéreux brunissaient au soleil, dans une atmosphère de solitude totale. Il y avait un étrange sentiment de futilité qui flottait dans ce qui existait *quelque part dans le monde*, quelque part où j'avais moi-même trébuché sans but, par un après-midi d'été qui n'avait pas non plus de sens. Un après-midi qui s'était égaré chaotiquement dans la chaleur du soleil, parmi des buissons ancrés dans l'espace *quelque part dans le monde*. Puis, je sentais plus profondément et plus douloureusement que je n'avais rien à faire ici, dans ce monde, rien d'autre que d'errer dans des parcs, des clairières poussiéreuses et brûlées par le soleil, désertes et sauvages. C'était une envie de voyager qui m'a finalement brisé le cœur.

Un autre endroit maudit se trouvait juste de l'autre côté de la ville, entre les rives hautes et creuses de la rivière où je me baignais avec mes compagnons de jeu. Le rivage s'était effondré à un endroit. Sur la côte, l'on a installé une usine d'huile de graines de tournesol. Les coquilles de graines étaient jetées entre les parois de la berge effondrée, et avec le temps le tas s'était élevé à un point tel qu'une pente d'enveloppes séchées s'était formée d'en haut sur la berge jusqu'au bord de l'eau.

Mes compagnons descendaient cette pente, prudemment, se tenant par la main, s'enfonçant profondément dans le tapis de pourriture.

Les parois de la haute berge, de chaque côté de la pente, étaient escarpées et pleines d'irrégularités fantastiques. La pluie avait creusé de longs brins de fissures aussi fines que des arabesques, mais hideuses comme des plaies mal cicatrisées. C'étaient de vrais haillons de chair d'argile, d'horribles blessures d'ivresse.

Entre ces murs qui m'impressionnaient au-delà de toute mesure, je devais descendre jusqu'à la rivière.

Même loin et bien avant que j'atteigne la côte, mes narines se remplissaient de l'odeur des coquillages en décomposition. Ça me préparait à la *crise*, comme à une sorte de courte période d'incubation. C'était une odeur désagréable, mais suave. C'était pareil pour les crises.

Mon odorat se scindait quelque part en deux, à l'intérieur de moi, et les effluves de l'odeur pourrie touchaient des régions de sensations différentes. L'odeur gélatineuse de la décomposition des coquilles était séparée et très distincte, bien que concomitante, de leur odeur agréable, chaude et domestique de noisettes grillées.

Ce parfum, dès que je le sentais, me transformais en quelques instants, circulant largement à travers toutes mes fibres intérieures qu'il semblait dissoudre pour les remplacer par une matière plus aérienne et incertaine. À partir de ce moment, je ne pouvais plus rien éviter, un évanouissement agréable et vertigineux commençait dans ma poitrine qui hâtait mes pas vers le rivage, le lieu de ma défaite finale.

Je courais vers l'eau, dans une course folle le long du tas de coquillages. L'air me freinait avec une densité tranchante et dure comme la lame d'un couteau, la coupole du monde s'écrasait chaotiquement dans un énorme trou aux pouvoirs d'attraction insoupçonnés.

Mes compagnons regardaient avec terreur ma course folle. Le gravier était très étroit en bas, et le moindre faux pas m'aurait jeté dans la rivière, dans un endroit où les bains à remous de la surface de l'eau indiquaient des grandes profondeurs.

Mais je ne savais pas très bien ce que je faisais. Une fois près de l'eau, dans cette course, je contournais le tas de coquillages et je descendais la rivière jusqu'à un certain endroit où le rivage avait un creux. Au fond de la cuvette s'était formée une petite grotte, une caverne ombragée, fraîche comme une chambre creusée dans la roche. J'y allais et je tombais par terre en sueur, épuisé et tremblant de la tête aux pieds.

Quand je revenais à la raison pour un instant, je trouvais à côté de moi le cadre intime et indiciblement agréable de la grotte avec une source qui jaillissait lentement de la roche et ruisselait sur le sol, formant au milieu du caillou un bassin d'eau très claire, au-dessus duquel je me penchais pour regarder, sans jamais me lasser, la merveilleuse dentelle de la mousse verte au fond, les vers accrochés au bois, les morceaux de ferraille rouillées et argileuses, les animaux et diverses choses recelées au fond de l'eau d'une beauté fantastique.

En dehors de ces deux lieux maudits, le reste de la ville se perdait dans une pâte d'uniformité banale, avec des maisons identiques, avec des arbres d'une immobilité exaspérante, avec des chiens, des jeunes filles et de la poussière.

Dans les espaces fermés, cependant, les crises se produisaient plus facilement et plus souvent. D'habitude, je supportais mal la solitude dans une pièce inconnue. Si je devais attendre, au bout de quelques instants, venait le doux et terrible évanouissement. La pièce se préparait pour lui : une intimité chaleureuse et accueillante filtrait des murs, ruisselant sur tous les meubles et objets. Soudain, la chambre devenait sublime et je me sentais très heureux dans la pièce. Mais ce n'était là qu'une tromperie de plus de la crise, une perversité de sa douceur et de sa délicatesse. L'instant qui suivait ma béatitude, tout basculait. J'observais les yeux ouverts tout ce qui m'entourait, mais les objets perdaient leur sens commun : une nouvelle existence les baignait. Comme s'ils avaient été soudain déballés des papiers fins et transparents dans lesquels ils avaient été enveloppés jusque-là, leur aspect devenait ineffablement nouveau. Les objets semblaient destinés à une nouvelle utilité supérieure et fantastique que j'aurais combattu en vain pour circonscrire.

Mais ce n'est pas tout : les objets étaient saisis par une frénésie de liberté. Ils devenaient indépendants l'un de l'autre, mais d'une indépendance qui signifiait non seulement un simple isolement, mais une exaltation béate.

Leur enthousiasme d`exister dans une nouvelle auréole m'englobait aussi ; de fortes adhérences me liaient à eux, avec des jonctions invisibles qui faisaient de moi un objet de la pièce comme les autres, de la même manière qu'un organe greffé sur une chair vivante, par de subtils échanges de substances, s`intégrant au corps inconnu.

Une fois, lors d'une crise, le soleil envoyait une petite cascade de rayons sur le mur, comme une eau dorée, irréelle, marbrée de vagues lumineuses. Je voyais aussi le coin d'une bibliothèque avec ses épais tomes reliés de cuir au-delà de la fenêtre, et ces détails réels que j'apercevais au loin de l'évanouissement allaient tous me donner le vertige et m'assommer comme une dernière inhalation de chloroforme. Ce qu'il y avait de plus commun et de plus familier dans les objets, cela me troublait davantage.

L'habitude de les voir tant de fois avait probablement usé leur peau extérieure, et c'est ainsi qu'ils m'apparaissaient de temps en temps écorchés jusqu'au sang : vivants, indiciblement vivants…

Le moment suprême de la crise se consommait dans un flottement hors de tout, agréable et douloureux à la fois. Si des bruits de pas se faisaient entendre, la pièce reprenait rapidement son aspect d'antan. Il y avait alors, sur le champ, une diminution de l'espace entre ses murs, une diminution extrêmement faible de son exaltation, presque imperceptible. Cela me donnait la conviction que la certitude dans laquelle je vivais était séparée par une très mince couche du monde de l'incertitude.

Je me réveillais dans la pièce archi-familière, en sueur, fatigué et habité par un sentiment aigu d'inutilité des choses qui m'entouraient. Je remarquais de nouveaux détails, comme il nous arrive parfois de découvrir une partie unique dans un objet que nous utilisons quotidiennement depuis des années.

La pièce gardait vaguement le souvenir de la catastrophe, comme l'odeur du soufre dans un endroit où une explosion aurait eu lieu. Je regardais les livres reliés dans l'armoire vitrée et, dans leur immobilité, je remarquais, je ne sais comment, un air perfide de dissimulation et de complicité. Les objets qui m'entouraient n'abandonnaient jamais leur attitude secrète, férocement conservés dans leur grave immobilité.

Les mots communs ne sont pas valables à certaines profondeurs de l'âme. J'essaie de définir exactement mes crises et je ne trouve que des images. Le mot magique qui pourrait les exprimer devrait emprunter quelque chose à l'essence d'autres sensibilités de la vie, distillant à partir d'eux comme un nouveau parfum d'une composition savante.

Pour exister, il doit contenir quelque chose de la stupéfaction qui me saisit lorsque je regardais une personne dans la réalité et que je suivais ensuite attentivement ses gestes dans un miroir, puis quelque chose du déséquilibre des chutes dans les rêves avec leur frayeur sifflante qui parcourait la colonne vertébrale dans un moment inoubliable ; ou quelque chose du brouillard et de la transparence habités par des décorations bizarres, dans des bulles de cristal.

J'enviais les gens qui m'entouraient, emprisonnés de manière hermétique dans leurs mystères et isolés de la tyrannie des objets. Ils vivaient prisonniers sous des manteaux et des pardessus, mais rien à l'extérieur ne pouvait les terroriser et les vaincre, rien ne pénétrait dans leurs merveilleuses prisons.

Mais, entre *moi* et le *monde* il n'y avait pas de séparation. Tout ce qui m'entourait m'envahissait de la tête aux pieds, comme si ma peau avait été criblée. L'attention distraite avec laquelle je regardais autour de moi n'était pas un simple acte de volonté. Le monde prolongeait naturellement tous ses tentacules en moi. J'étais traversé par des milliers de bras de l'hydre. Je comprenais jusqu'à l'exaspération que je vivais dans le monde que je voyais. Il n'y avait rien à faire contre cela.

Les « crises » nous appartenaient dans la même mesure, autant à moi qu'aux lieux où elles se produisaient. Il est vrai que certains de ces endroits contenaient une méchanceté *personnelle* qui leur était propre, mais tous les autres étaient eux-mêmes en transe bien avant mon arrivée. Telles étaient certaines pièces, par exemple, où je sentais que mes crises se cristallisaient à partir de la mélancolie de leur immobilité et de leur solitude sans bornes.

Comme une sorte d'équité entre moi et le monde (une équité qui me plongeait encore plus irrémédiablement dans l'uniformité de la matière première), la conviction que les objets pouvaient être inoffensifs devenait égale à la terreur qu'ils m'imposaient parfois. Leur innocuité provenait d'un manque universel de force.

Je sentais vaguement que rien dans ce monde ne pouvait aller jusqu'au bout, rien ne pouvait être définitif. La férocité des objets était également épuisée. C'est ainsi qu'est née en moi l'idée de l'imperfection de toutes les manifestations de ce monde, même surnaturelles.

Dans un dialogue intérieur qui, je crois, ne prenait jamais fin, je défiais parfois les puissances maléfiques qui m'entouraient, comme je les autrefois vilement adulais. Je pratiquais d'étranges rites, mais pas en vain... Si je quittais la maison et que j'allais par des chemins différents, je suivais toujours mes traces, c'était pour ne pas décrire par ma marche un cercle dans lequel les maisons et les arbres resteraient fermés. À cet égard, ma démarche ressemblait à un fil, et si, une fois dépliée, je ne l'avais pas resserrée sur la même route, les objets rassemblés dans le nœud du déambulateur seraient restés à jamais irrémédiablement et profondément liés à moi. Si, en temps de pluie, j'évitais de toucher les pierres dans les cours d'eau, je le faisais pour ne rien ajouter à l'action de l'eau et pour ne pas gêner l'exercice de ses pouvoirs élémentaires.

Le feu purifie tout. J'avais toujours une boîte d'allumettes dans ma poche. Quand j'étais très triste, j'allumais une allumette et je passais mes mains dans la poire du feu, d'abord l'une, puis l'autre. Il y avait dans tout cela une sorte de mélancolie de l'existence et une sorte de tourment organisé dans les limites de ma vie d'enfant.

Avec le temps, les crises disparaissent d'elles-mêmes, en laissant à jamais en moi leur souvenir très fort. Une fois entré dans l'adolescence, je n'avais plus eu de crises, mais cet état crépusculaire qui les a précédées et le sentiment de la profonde inutilité du monde qui les a suivies étaient en quelque sorte devenus mon état naturel. La futilité remplissait les creux du monde comme un liquide qui se répandait dans toutes les directions, et le ciel au-dessus de moi, le ciel éternellement correct, absurde et indéfini, prenait sa propre couleur de désespoir.

J'avance encore aujourd'hui dans cette futilité qui m'entoure et sous ce ciel éternellement maudit.

Pour mes crises, l'on consulta un médecin et il prononça un mot étrange : *paludisme*. Je fus bien étonné que mes angoisses si intimes et si secrètes pussent porter un nom si étrange et encore un nom. Le médecin m'a prescrit de la quinine - un autre sujet d'émerveillement. Il m'était impossible de comprendre comment les espaces malades de mon corps avaient pu guérir avec la quinine que je prenais. Mais ce qui me troublait au-delà de toute mesure, c'était le docteur lui-même. Longtemps après la consultation, il continua d'exister et de s'agiter dans ma mémoire par quelques petits gestes automatiques dont je ne pouvais arrêter l'inépuisable mécanisme.

C'était un homme de petite taille avec une tête en forme d'œuf. L'extrémité pointue de l'œuf s'allongeait avec un menton noir, agité continuellement. Ses petits yeux veloutés, ses gestes courts et sa bouche tournée vers l'avant le faisaient ressembler à une souris. Cette impression fut si forte dès le premier instant qu'il me parut tout naturel, lorsqu'il commença à parler, de l'entendre allonger longuement, de manière roulée et audible chaque *r*, comme si, pendant la parole, il avait toujours rongé quelque chose de caché.

La quinine qu'il m'a donnée a également renforcé ma conviction que le médecin avait quelque chose de souris en lui. La vérification de cette croyance a été faite d'une manière si étrange et se rattache à des faits si importants de mon enfance que l'histoire mérite, je pense, d'être racontée à part.

# II.

Près de chez nous, il y avait un atelier de couture où j'allais tous les jours et où je restais pendant des heures. Son propriétaire était un jeune garçon, Eugène, qui venait de terminer son service militaire et avait ouvert cette boutique. Il avait une sœur d'un an plus jeune que lui, Clara. Ils vivaient ensemble, quelque part dans un bidonville et s'occupaient du magasin pendant la journée. Ils n'avaient ni connaissances, ni parents.

La boutique était une simple pièce privée, louée à l'origine pour le commerce. Les murs conservaient encore leur peinture de salon, avec des guirlandes lilas pourpres et des traces rectangulaires et fanées des endroits où les tableaux avaient été accrochés, au milieu du plafond restait une lampe en bronze avec un capuchon de faïence rouge foncé, recouverte sur le bord de feuilles de faïence gaufrées vertes. C'était un objet orné, vieux et obsolète mais imposant - quelque chose qui ressemblait à un monument funéraire ou à un général vétéran portant son vieil uniforme lors d'une parade.

Les machines à coudre étaient soigneusement alignées sur trois rangées, laissant deux larges allées au fond entre elles. Pour éviter la poussière, Eugène s'assurait de saupoudrer le sol tous les matins avec une vieille boîte de conserve percée dans le fond. Le jet d'eau qui coulait était très mince et Eugène le manipulait avec dextérité, en dessinant des spirales et des huit savants sur le sol. Parfois, il s'asseyait et notait la date du jour. La peinture sur les murs exigeait évidemment une telle délicatesse.

Au fond du magasin, un écran de planches en bois séparait une sorte de cabine du reste de la pièce ; un rideau vert couvrait l'entrée. Eugène et Clara y restaient tout le temps, ils y déjeunaient, afin de ne pas quitter la boutique pendant la journée. Ils l'appelaient *la cabine des artistes*, comme disait Eugène :

- « C'est une véritable *cabine d'artistes*. Quand je sors dans le magasin et que je parle pendant une demi-heure pour vendre une machine à coudre, ne suis-je pas en train de jouer une comédie » ?

Et il ajoutait d'un ton plus docte :

- « La vie, en général… c`est du pur théâtre ».

Derrière le rideau, Eugène jouait du violon. Il gardait les notes sur la table, blotti dessus, déchiffrant patiemment les portatifs enchevêtrés, comme s'il démêlait une pelote de fil avec de nombreux nœuds, pour en tirer un fil unique et fin, le fil du morceau de musique. Tout l'après-midi, une petite lampe à huile brûlait sur un coffre, emplissant la pièce d'une lumière pale et désorganisant l'ombre énorme du violoniste sur le mur.

Je venais si souvent chez eux qu'au fil du temps, je suis devenu une sorte d'invité du mobilier, une extension du vieux canapé à moustache sur lequel j'étais assis immobile, quelque chose dont personne ne s'occupait et qui ne gênait personne.

Au fond de la cabine, Clara faisait sa toilette de l'après-midi. Elle gardait ses robes dans un casier et se regardait dans un miroir brisé soutenu par la lampe sur le coffre. C'était un miroir si vieux que le vernis s'effaçait par endroits et qu'à travers les taches transparentes apparaissaient les objets réels à l'arrière du miroir se mêlant aux images réfléchies, comme dans une photo avec des clichés qui se chevauchent.

Parfois, elle se déshabillait presque complètement et frottait de l'eau de Cologne autour de ses aisselles, levant les bras sans gêne, ou sur ses seins - mettant sa main entre sa chemise et son corps. La chemise était courte et quand elle se penchait, je pouvais voir en entier les très belles jambes serrées par les bas tendus. Elle ressemblait à une image que j'avais vu une fois sur une carte postale pornographique que m'avait montrée un artisan boulanger de bretzels, dans le jardin.

Cela provoquait en moi le même évanouissement vague que l'image obscène, une sorte de vide dans ma poitrine, en même temps qu'un affreux désir sexuel qui serrait mon pubis comme des griffes.

Je m'asseyais toujours au même endroit, sur le canapé, derrière Eugène, et j'attendais que Clara finisse sa toilette. Puis, elle sortait, marchant entre son frère et moi, dans un espace si étroit qu'elle devait frotter ses cuisses contre mes genoux.

J'attendais ce moment chaque jour avec la même impatience et la même angoisse. Cela dépendait d'une multitude de petites circonstances que j'estimais et que je traînais avec une sensibilité exaspérée et extraordinairement aiguë. Il suffisait qu'Eugène ait soif, qu'il n'ait pas envie de chanter, qu'un client vienne à la boutique, qu'Eugène l'accueille et l'espace libre s'élargisse tellement que la fille m'échappe.

Quand j'y allais l'après-midi et que je m'approchais de la porte du magasin, de longues antennes vibrantes sortaient de moi et exploraient l'air, pour capter le son du violon. Si j'entendais

Eugène chanter, je me calmais. J'entrais le plus lentement possible et je prononçais mon nom à haute voix depuis le seuil pour qu'il ne pense pas qu'un client était venu et qu'il n'interrompe pas ainsi son chant. Tout se jouait dans cette seconde d'inertie, le mirage de la mélodie pouvait cesser tout à coup et Eugène quitter le violon et arrêter de jouer tout l'après-midi.

Avec cela, cependant, la possibilité d'événements défavorables n'était pas épuisée. Il y avait encore tellement de choses qui se passaient dans la cabine... Pendant la toilette de Clara, j'écoutais les moindres bruits et j'épiais les moindres mouvements, craignant que le désastre de l'après-midi n'en sorte.

Il était possible, par exemple, qu'Eugène tousse légèrement, avale un peu de salive, ait soif, cherche un gâteau à la confiserie - de petites actions, comme cette toux, pouvaient faire naitre des monstres affreux, comme un après-midi raté. Toute la journée perdait alors de son importance, et le soir, au lit, au lieu de réfléchir tranquillement (et de m'arrêter quelques minutes sur chaque détail pour mieux le *voir* et mieux m'en souvenir), au moment où mes genoux touchaient les bas de Clara, pour sculpter, modeler, caresser cette pensée, je me tordais dans les draps, sans pouvoir m'endormir et j'attendais avec impatience le lendemain.

Un jour, quelque chose de totalement inhabituel s'est produit. L'incident commença sous l'allure d'un désastre et se termina par une surprise inattendue, mais si soudaine et si petite que toute ma joie ultérieure reposant sur elle se construit comme un échafaudage d'objets hétérogènes maintenus en équilibre par un filou sur un seul point.

Clara, d'un seul geste, changea complètement le contenu de mes visites, leur donnant un nouveau sens et de nouveaux frissons, comme dans cette expérience de chimie dans laquelle j'ai vu comment un seul morceau de cristal immergé dans un bol de liquide rouge le transformait instantanément en un liquide étonnamment vert.

J'étais sur le canapé au même endroit, attendant avec la même impatience comme toujours, quand, tout à coup, la porte s'ouvrit et quelqu'un entra dans la boutique. Eugène quitta immédiatement la cabine. Tout semblait perdu. Clara continuait à parfaire sa toilette, tandis que la conversation dans la boutique s'éternisait indéfiniment. Cependant, j'espérais encore qu'Eugène soit revenu avant que sa sœur n'ait fini de s'habiller.

J'ai péniblement suivi le fil des deux événements, la toilette de

Clara et la conversation dans la boutique, pensant qu'ils pourraient suivre leur déroulement parallèle, jusqu'à ce que Clara sorte dans la boutique, ou au contraire, se rencontrent au point fixe de la cabine, comme dans certains films cinématographiques où deux locomotives se rapprochent l'une de l'autre à une vitesse folle et vont se rencontrer ou passer, en fonction de l'intervention ou pas d'une main mystérieuse, au dernier moment, pour changer de vitesse. Dans ces moments d'attente, je sentais clairement que la conversation suivait son propre chemin, et sur un chemin parallèle, Clara continuait à se poudrer.

J'essayais de corriger la fatalité, en étirant mes genoux loin vers la table. Pour que je puisse rencontrer les pieds de Clara, il aurait fallu que je m'assoie sur le bord du canapé dans une position, sinon bizarre, du moins comique. Il me semblait qu'à travers le miroir, Clara me regardait en souriant.

Elle finit d'arrondir le contour de ses lèvres avec du carmin et passa une dernière fois le pompon sur sa joue. Le parfum qui s'était répandu dans la cabine m'avait donné le vertige de luxure et de désespoir. Au moment où elle passa devant moi, la chose à laquelle je m'attendais le moins se produit. Elle frotta ses cuisses contre mes genoux comme elle le fait tous les jours (ou peut-être encore plus fort ?! mais c'était une illusion, bien évidemment), avec l'air décontracté que rien ne se passe entre nous.

Il y avait une complicité du vice plus profonde et plus rapide que n'importe quelle compréhension par les mots. Elle imprégnait instantanément tout mon corps, comme une mélodie intérieure et transformait complètement les pensées, la chair et le sang. Dans le fragment de la seconde où les pieds de Clara m'ont touché, de nouvelles attentes et de nouveaux espoirs étaient nés en moi.

Avec Clara, j'ai tout compris dès le premier jour, dès le premier instant. C'était ma première aventure sexuelle complète et normale. Une aventure pleine de tourments et d'attentes, remplie d'angoisses et de grincements de dents, quelque chose qui aurait ressemblé à de l'amour s'il n'y avait pas eu une simple continuité d'impatience douloureuse. Autant j'étais impulsif et audacieux, autant Clara était calme et capricieuse. Elle avait une façon violente de me provoquer et une sorte de joie sadique à me voir souffrir - joie qui précédait toujours le rapport sexuel et faisait partie, parait-il, de lui-même.

La première fois que la chose que nous attendions depuis si longtemps s'est produite entre nous, son défi a été d'une simplicité si élémentaire (et presque brutale) que cette pauvre phrase qu'elle prononça et ce verbe anonyme qu'elle utilisa conservaient encore aujourd'hui en moi quelque chose de la virulence d'antan. Il suffit que j'y réfléchisse davantage pour que mon indifférence actuelle soit rongée comme de l'acide et que la phrase redevienne violente, comme elle l'était alors.

Eugène était parti en ville. Nous étions toutes les deux assis silencieusement dans le magasin, Clara, en robe d'après-midi, à l'arrière de la vitrine, tricotant soigneusement. Plusieurs semaines s'étaient écoulées depuis l'incident dans la cabine, et il s'était soudain installé entre nous un froid intense, une tension secrète qui se traduisait par une extrême indifférence de sa part.

Nous restions debout l'un en face de l'autre pendant des heures sans prononcer une parole, et pourtant dans ce silence flottait comme la menace d'une explosion, une parfaite compréhension secrète ; il ne me manquait que le mot mystérieux pour briser la coquille conventionnelle. Je faisais des dizaines de projets tous les soirs, mais le lendemain ils rencontraient les obstacles les plus élémentaires - le tricot qui ne pouvait pas être interrompu, l'absence d'une lumière plus favorable, le silence dans le magasin ou les trois rangées de machines à coudre, trop correctement ordonnées pour permettre un changement important dans le magasin, même sentimental.

Je gardais mes mâchoires serrées tout le temps. Il y avait un silence terrible, un silence qui déboulait en moi l'évidence et l'esquisse d'un hurlement. Ce fut Clara qui l'interrompit. Elle parla presque à voix basse, sans lever les yeux de sa chemise :

- « Si tu étais venu plus tôt aujourd'hui, nous aurions pu le faire. Eugène est en ville juste après le déjeuner ».

Jusque-là, pas même l'ombre d'une insinuation sexuelle n'avait filtré dans notre silence, et maintenant, en quelques mots, une nouvelle réalité surgissait entre nous, aussi miraculeuse et extraordinaire qu'une statue de marbre qui surgissait au milieu des machines à coudre qui poussaient sur le sol.

En un instant, je me tenais à côté de Clara. Je lui ai pris la main et je l'ai caressée, je l'ai embrassé. Elle s'est arrachée.

- « Eh bien, laissez-moi », dit-elle en colère.

- « Viens, je t'en prie, Clara... »

- « C'est trop tard maintenant. Eugène revient bientôt. Laisse-moi, laisse-moi ». J'ai touché avec effervescence ses épaules, ses seins, ses jambes.

- « Laisse-moi », protesta Clara.

- « Allons, nous avons encore le temps, je t`en supplie ».

- « Où » ?

- « Dans la cabine... Allez... Là… c'est bon ».

Et quand j`ai as dit *bon*, ma poitrine s'est remplie d'espoir, j'ai embrassé sa main à nouveau et je l'ai tirée de sa chaise. Elle se laissa porter avec peine, traînant ses pas jusqu'au sol.

À partir de ce jour, les après-midis changèrent leurs habitudes : il s'agissait toujours d'Eugène, de Clara et des mêmes sonates, mais maintenant le jeu du violon devenait insupportable et mon impatience rôdait quand Eugène devait partir. Dans la même cabine, mes angoisses étaient devenues différentes, comme si je jouais à un nouveau jeu sur un carton avec des lignes tracées pour un plaisir déjà connu.

Quand Eugène partait, la véritable attente commençait. L'attente était plus lourde et plus insupportable auparavant. Le silence de la boutique s'était transformé en un bloc de glace. Clara s'asseyait à la fenêtre et tricotait. C'était chaque jour le *commencement* et sans un *commencement* notre aventure ne pouvait avoir lieu. Quelquefois Eugène partait et laissait Clara presque nue dans la cabine : je croyais que cela pouvait accélérer les événements, mais je me trompais, Clara n'admettait pas d'autre commencement qu`au milieu de la boutique. J'attendais inutilement qu'elle s'habille, aller à la fenêtre, ouvrir la boutique et le comptoir de l'après-midi.

Je m'asseyais en face d'elle sur un tabouret et je commençais à lui parler, à la supplier, à la prier longtemps. Je savais que c'était inutile. Clara acceptait rarement, et même alors elle usait d'une ruse, pour ne pas me montrer de l`indulgence :

-   « Je vais aller chercher des médicaments dans la cabine, j'ai terriblement mal à la tête, s'il te plaît, ne viens pas me chercher ».

Je lui promettais, je jurais et je la suivais en une seconde. Une véritable fausse bataille commençait dans la cabine dans laquelle, de toute évidence, les forces de Clara étaient prêtes à céder. Elle tombait alors sur le canapé en un seul morceau comme si elle avait glissé sur quelque chose. Elle mettait alors ses mains sous sa tête et fermait les yeux comme s'elle dormait. Il m'était impossible de changer la position de son corps d'un pouce. Alors qu'elle se tenait sur une côte, j'arrachais sa robe de dessous ses jambes pour m'y coller. Clara n'avait aucune objection à mes gestes, mais elle ne me réconfortait pas. Elle était immobile et indifférente comme un morceau de bois, et seule sa chaleur intime et secrète me révélait qu'elle était attentive et qu'elle *sait*.

C'est à peu près à cette époque que j`ai consulté le médecin qui m`a prescrit de la quinine. La vérification de mon impression qu'il avait quelque chose d`une souris en lui a eu lieu dans la cabine et, comme je l'ai dit, d'une manière tout à fait absurde et surprenante.

Un jour que j'étais collé à Clara et que je lui arrachais sa robe d'un geste enflammé, je sentis quelque chose d'étrange bouger dans la cabine. Dû plutôt à l'instinct obscur, mais très aigu, d'extrême plaisir dont je m'approchais, qui n'admettait de présence étrangère qu'avec mes vrais sens, je devinai qu'un être vivant nous observait.

Je tournai la tête effrayée et vit une souris au fond de la boîte à poudre. Elle s'arrêta juste à côté du miroir, sur le bord du coffre et me fixa de ses petits yeux noirs où la lumière de la lampe jetait deux gouttes doré-brillant qui s'enfonçaient profondément en moi. Pendant quelques secondes, elle me regarda avec une telle acuité que je pus sentir les deux points vitreux pénétrer jusqu'au fond de mon cerveau. Elle avait l'air de méditer une lourde invective contre moi ou juste un reproche. Soudain, cependant, la fascination s'effrita et la souris la brisa et disparut derrière le coffre. J'étais sûr maintenant que le médecin était venu m'espionner.

Le soir même, quand j'ai pris de la quinine, ma supposition fut renforcée par un raisonnement parfaitement illogique, mais valable pour moi. La quinine était amère. D'un autre côté, le docteur avait vu dans la cabine le plaisir que Clara me donnait quelquefois. Ainsi, pour établir un nouvel équilibre, il m'avait prescrit le remède le plus désagréable qu'on pût prendre. Je l'entendais mâcher son jugement dans son esprit - « Plus le plaisir est grand, plus celui du médecin doit être amer ! »

Quelques mois après la consultation, le médecin a été retrouvé mort dans le grenier de sa maison. Il s'était tiré une balle dans la tempe. Ma première question lorsque j'ai entendu la nouvelle sinistre a été la suivante :

-   « Y avait-il des souris dans ce grenier » ?

J'avais besoin de cette certitude. Pour que le médecin soit vraiment mort, une meute de souris devait prendre d'assaut le cadavre, le ramasser et extraire le matériel de souris emprunté par le médecin de son vivant, pour l'exercice de son existence illégale en tant qu'*homme.*

# III.

Quand j'ai rencontré Clara, j'avais douze ans, je crois. Dans la mesure où j'erre dans mes souvenirs dans les profondeurs de mon enfance, je trouve que tout est lié à la cognition sexuelle. Elle me semble aussi nostalgique et pure que la fortune de la nuit, de la peur ou des premières amitiés, pas différente de la mélancolie et d'autres attentes, par exemple l'attente ennuyeuse de devenir *grand* que je mesurais concrètement chaque fois que je serrais la main d'une personne âgée, en essayant de délimiter la différence de poids et de taille de ma petite main, perdue entre ses doigts noueux, dans l'énorme paume de celui qui l'a serrée.

À aucun moment de mon enfance, je n'ai ignoré la différence entre les hommes et les femmes. Peut-être y a-t-il eu un temps où tous les êtres vivants étaient confondus pour moi dans un dégagement unique des mouvements et des inerties. Je n'en ai pas le souvenir exact. Le mystère sexuel a toujours été évident. Il s'agissait d'un *secret* tel qu'un objet, une table ou une chaise.

Mais lorsque j'examine attentivement les souvenirs les plus lointains, leur *manque d'actualité* me se révèle par l'incompréhension des rapports érotiques. J'imaginais des organes féminins dans de mauvaises formes et l'acte lui-même beaucoup plus somptueux et étrange que j'avais connu avec Clara. Dans toutes les interprétations, cependant, fausses au début, puis de plus en plus justes, il flottait ineffablement un air de mystère et d'amertume, qui perfectionnait lentement sa consistance, comme un tableau de peintre construit à partir d'esquisses informelles.

Je me vois tout petit, la chemise jusqu'aux talons, pleurant désespérément sur le pas d'une porte, dans une cour inondée de soleil ouverte vers un marché désert, de l'après-midi, chaud et triste, avec des chiens endormis sur le ventre et des gens couchés à l'ombre des stands de légumes.

Dans l'air, une odeur âpre de légumes pourris, quelques grosses mouches vives bourdonnent bruyamment devant moi, sirotant les larmes tombées sur mes mains et volant en rondes frénétiques dans la lumière dense et chaude de la cour. Je me lève et j'urine prudemment dans la poussière. La terre aspire avidement le liquide et à cet endroit reste une tache sombre comme le reste d'un objet qui n'existe pas, je m'essuie le visage avec ma chemise et lèche les larmes du coin de mes lèvres en savourant leur goût salé. Je m'assieds à nouveau sur le seuil et je me sens très malheureux. J'ai été battu.

Mon père, qui venait de partir, m'a donné quelques claques sur les fesses nues. Je ne sais pas vraiment pourquoi. Je réfléchis. J'étais allongé dans mon lit à côté d'une petite fille de mon âge, tous les deux endormis, pendant que nos parents se promenaient. Je n'ai pas senti quand ils sont revenus et je ne sais pas ce que je faisais. Tout ce que je sais, c'est qu'au moment où mon père a soudainement soulevé la couverture, il est devenu rouge, s'est mis en colère et m'a battu. C'est tout.

Alors que je m'assois au soleil sur le seuil, je pleure et je m'essuie les yeux, je dessine des cercles et des lignes avec mon doigt dans la poussière, je change ma place à l'ombre, je m'assois sur une pierre et je me sens mieux. Une fille est venue chercher de l'eau dans la cour et fait tourner la roue rouillée de la pompe. J'écoute attentivement le grincement de la ferraille, je regarde l'eau jaillir dans le chaudron comme une magnifique queue de cheval argentée, je regarde les gros pieds sales de la fille, je bâille parce que je n'ai pas dormi du tout, et j'essaie de temps en temps d'attraper une mouche. C'est la vie simple qui recommence après avoir pleuré. Dans la cour, le soleil déverse toujours sa chaleur écrasante. C'est ma première aventure et mon premier souvenir d'enfance.

Dès lors, les instincts obscurs s'enflent, grandissent, se déforment et entrent dans leurs limites naturelles. Ce qui aurait dû être une amplification et une fascination toujours croissante était pour moi une série de renoncements et de coupes cruelles dans le banal. Passer de l'enfance à l'adolescence signifiait un déclin continu du monde, et à mesure que les choses s'organisaient autour de moi, leur apparence ineffable disparaissait, comme une surface brillante fumante.

Extatique et miraculeuse, la figure de Walter conserve encore aujourd'hui sa lumière fascinante. Quand je l'ai rencontré, il était assis à l'ombre d'un acacia, sur un tronc d'arbre et lisait un fascicule de « Buffallo-Bill ». La claire lumière du matin filtrait à travers les épaisses feuilles vertes, dans un tourbillon d'ombres très fraîches, ses vêtements qui n'étaient pas du tout ordinaires. Il portait une tunique bordeaux, avec des boutons sculptés dans l'os, un pantalon en daim, et sur ses pieds nus des sandales tressées, faites de fines chaînes de cuir blanc. Quand j'ai parfois envie de revivre un instant l'extraordinaire sensation de cette rencontre, je fixe longuement la vieille couverture jaunie d'un fascicule de « Buffallo-Bill ». Il y avait autre chose, cependant, la présence réelle de Walter, sa tunique rouge dans l'air verdâtre à l'ombre de l'acacia.

Son premier geste fut une sorte de saut élastique sur ses pieds, comme ceux d'un animal. Nous sommes devenus immédiatement amis. Nous avons discuté un peu, et soudain il m'a fait une proposition stupéfiante : manger des fleurs d'acacia. Pour la première fois, j'ai rencontré quelqu'un qui mangeait des fleurs. Quelques instants plus tard, Walter était dans l'arbre et cueillit un énorme bouquet. Puis il est descendu et m'a montré comment la fleur devait être délicatement détachée de la corolle pour n'en sucer que l'extrémité. J'essayais aussi. La fleur s'est un peu cassée sous mes dents avec un grincement très agréable, et un parfum doux et frais s'est répandu dans ma bouche comme je n'en avais jamais goûté auparavant.

Pendant un certain temps, nous sommes restés silencieux en mangeant les fleurs d'acacia. Soudain, il me saisit fermement la main :

- « Veux-tu voir le *quartier général* de notre gang » ?

Des étincelles se sont allumées dans le regard de Walter, j'avais un peu peur.

- « Tu veux ou pas » ? Il m'a demandé à nouveau. J`ai hésité une seconde.

- « J'en ai envie », répondis-je d'une voix qui n'était plus la mienne et avec une volonté de risquer qui soudain éclatait en

39

moi et qui, je me sentais bien qu'elle ne m'appartenait pas.

Walter me prit la main et, à travers la porte au fond de la cour, me conduisit jusqu'à un maïdan désert. L'herbe et les flaques d'eau y poussaient librement. Les orties me brûlaient les pieds partout où nous passions et avec nos mains nous devions enlever les tiges épaisses de ciguë et de bardane. Au bas du terrain, nous atteignions un mur délabré. Devant le mur il y avait un fossé et un trou profond. Walter est entré et m'a appelé. La fosse s'ouvrit dans le mur et là nous entrâmes dans une cave abandonnée.

Les marches étaient abîmées et pleines d'herbes, les murs filtraient l'humidité, et l'obscurité devant nous était parfaite. Walter me serra fermement la main et m'entraîna derrière lui. Lentement, nous descendons une dizaine de marches. C'est là que nous nous arrêtons.

-   « Nous devons rester ici », m'a-t-il dit, « nous ne pouvons pas aller plus loin. Au fond il y a des hommes de fer avec des mains et des têtes de fer, sortis du sol. Ils restent immobiles, et s'ils nous surprennent dans l'obscurité, ils nous égorgent ».

Il tourna la tête et regarda désespérément au-dessus de nous l'entrée ouverte de la cave avec sa lumière venant d'un monde simple et clair où il n'y avait pas d'hommes de fer et où l'on pouvait voir au loin des plantes, des gens et des maisons.

Walter a apporté une planche de quelque part et nous nous sommes assis dessus. Pendant quelques minutes, nous sommes restés silencieux. Il faisait bon et frais dans la cave. L'air sentait lourd l'humidité. J'aimerais y rester pendant des heures, isolé, loin des rues chauffées et de la ville terne et triste. Je me sentais fortement enfermée entre les murs froids, sous la terre bouillante au soleil. Le bourdonnement inutile de l'après-midi arrivait comme un écho lointain à travers la bouche ouverte de la cave.

- « C'est là que nous amenons les filles que nous attrapons », a déclaré Walter. J'ai vaguement compris de quoi il s'agissait. La cave acquiert un attrait insoupçonné.

- « Et qu'en faites-vous » ? Walter se mit à rire.

- « Comment, tu ne le sais pas ? Nous faisons comme tous les hommes avec des femmes, nous dormons à côté d'elles et... jusqu'à... avec le plume ».

- « Quel type de plume ? Que faites-vous avec les filles » ? Walter se mit à rire de nouveau.

41

- « Quel âge as-tu ? Tu ne sais pas ce que les hommes font avec les femmes ? Tu n`as pas de plume ? Voici le mien ». Il sortit de la poche de sa tunique une petite plume d'oiseau noire.

À ce moment-là, j`ai senti qu'une crise est en train de m'envahir. Peut-être que si Walter n`avait pas sorti la plume de sa poche, j`aurais continué à supporter jusqu'à la fin l'air d'isolement complet et affligé de la cave, mais, en un instant cet isolement avait pris un sens douloureux et profond, je me rendais compte maintenant de la distance qui séparait la cave de la ville et de ses rues.

C'était comme si je m'étais éloigné de moi-même, dans la solitude d'une profondeur souterraine, sous un quelconque jour d'été. La plume noire et brillante que Walter me montrait signifiait que plus rien n'existait dans mon monde connu. Tout s'évanouit dans un espace où elle brillait étrangement, au milieu d`une bizarre pièce aux herbes humides, dans l'obscurité qui aspirait la lumière, comme une bouche froide, affamée et ivre.

- « Eh bien, qu'est-ce que t`as ? », m'a demandé Walter. « Laisse-moi te dire comment nous gérons la plume... » Le ciel dehors, par l'entrée de la cave, devenait plus blanc et plus vaporeux.

Les mots frappèrent les murs et me traversèrent doucement comme un être fluide. Walter n'arrêtait pas de me parler. Mais c'était si loin de moi et si aéré qu'il semblait n'être qu'un flou dans l'obscurité, un grain de brouillard qui tremblait dans l'ombre.

- « D'abord, tu caresses la fille » - je l'ai entendu comme dans un rêve - « puis, avec la plume tu te caresses toi-même... Tu dois savoir ces choses... »

Soudain, Walter s'approcha de moi et se mit à me secouer comme pour me réveiller de mon sommeil. Lentement, lentement, j'ai commencé à récupérer. Quand j'ouvris bien les yeux, Walter était penché quelque part, sous mon nombril. Il m'était impossible de comprendre ce qui me faisait.

Walter se leva.

- « Tu vois, cela t'as fait du bien... Les Indiens à la guerre réveillent ainsi les blessés, et nous, dans notre bande, connaissons tous les sorts et remèdes indiens ».

Je me suis réveillé ivre et fatigué.

Walter s'enfuit et disparut.

Je montais les escaliers avec précaution. Dans les jours qui suivirent, je le cherchai partout, mais en vain, il me resta à le chercher dans la caverne, mais quand je m'y rendis le maïdan me parut complètement changé. Des tas d'ordures s`entassaient partout, des animaux morts et de la pourriture qui sentaient horriblement mauvais au soleil. Avec Walter, je n'avais rien vu de tout cela. J'ai renoncé à aller à la cave et je n'ai plus jamais revu Walter.

Je me suis procuré une plume que j'ai gardée dans le plus grand secret, enveloppée dans un morceau de journal dans ma poche. Il m'a parfois semblé que j'avais inventé toute l'histoire de la plume et que Walter n'avait jamais existé. De temps en temps, je dépliais la plume du journal et je la regardais longuement. Son mystère était insondable, je passais sur ma joue son éclat doux et soyeux et cette caresse me faisait un peu peur comme si une personne invisible mais réelle avait touché mon visage du bout des doigts. La première fois que je l'aie utilisée, c'était pendant une belle soirée, dans des circonstances tout à fait extraordinaires.

J'aimais rester dehors tard, il y avait une tempête lourde et oppressante ce soir-là. Toute la chaleur de la journée s'était condensée en une atmosphère écrasante, sous un ciel noir coupé par les éclairs. J'étais assis sur le seuil d'une maison et je regardais le jeu de la lumière électrique sur les murs de la rue. Le vent secouait l'ampoule qui éclairait la rue, et les cercles concentriques du globe, ombragés sur les murs, se balançaient comme de l'eau agitée dans un vaisseau. De longues écharpes de poussière s'accumulaient sur la route et s'élevaient en spirales.

Soudain, dans un vent qui serpentait, il me sembla qu'une statue de marbre blanc s'élevait dans les airs. C'était à ce moment-là une certitude incontrôlable, comme toute conviction. Le bloc de pierre blanche se déplaçait rapidement vers le haut dans une direction oblique comme un ballon tombé de la main d'un enfant. En quelques instants, la statue n'était plus qu'une tache blanche dans le ciel, de la taille de mon poing. Je pouvais maintenant voir distinctement deux personnes blanches, se tenant par la main et glissant dans le ciel comme des skieurs.

À ce moment-là, une petite fille s'est arrêtée devant moi. J'ai dû rester la bouche fermée et les yeux grands ouverts vers le haut parce qu'elle m'a demandé avec étonnement ce que je voyais dans le ciel.

- « Regarde... une statue volante... Regarde vite... Elle va bientôt disparaître... »

La petite fille m'a regardé attentivement, fronçant les sourcils, et m'a dit qu'elle ne voyait rien. C'était une petite fille d'à côté, grosse, avec des joues en caoutchouc rouge et des mains toujours humides. Jusqu'à ce soir-là, je lui avais rarement parlé. Alors qu'il se tenait devant moi, elle se mit soudain à rire.

(...)

Dans un souvenir proche me vient à l'esprit un petit livre noir, très turbulent. Je l'avais trouvé dans une rangée sur une table et je l'avais feuilleté avec beaucoup d'intérêt. Il s'agit d'un roman banal, « Frida » d'André Theuriet, en édition illustrée avec de nombreux dessins. Dans chacun d'eux apparaissait l'image d'un garçon blond aux cheveux bouclés, vêtu de velours, et d'une grosse fille en robe à volants. Le petit garçon ressemblait à Walter. Les enfants apparaissaient dans les dessins lorsqu'ils étaient ensemble, lorsqu'ils étaient séparés. On voyait bien qu'ils se rencontraient surtout dans les cachettes d'un parc et sous des murs en ruine. Que faisaient-ils ensemble ? Voici ce que j'aimerais savoir. Le petit garçon avait-il une plume comme moi qu'il gardait dans la poche de son manteau ? On ne voyait pas ça dans les dessins et je n'avais pas le temps de lire.

Quelques jours plus tard, le petit livre noir disparut sans laisser de traces. J'ai commencé à le chercher partout, à demander dans les librairies, mais apparemment personne n'en avait entendu parler. Ce devait être un livre plein de secrets puisqu'il était introuvable.

Un jour, j`ai pris du courage et je suis entré dans une bibliothèque publique. Un grand monsieur pâle, avec des lunettes qui tremblaient légèrement, était assis au fond de la pièce sur une chaise et me regardait venir. Je ne pouvais pas revenir en arrière. Je devais m`approcher de la table et prononcer distinctement le mot sensationnel « Fri-da », devant le monsieur myope, comme un aveu de tous mes vices cachés.

Je me suis approché du pupitre et j`ai murmuré le nom du livre à voix basse. Les lunettes du bibliothécaire se mirent à trembler davantage sur son nez, il ferma les yeux comme s'il cherchait quelque chose dans sa mémoire et me dit qu'il n'en avait « jamais entendu parler ». Le tremblement des verres, cependant, me parut avoir trahi un trouble intérieur ; maintenant j'étais sûr que « Frida » contenait les révélations les plus mystérieuses et les plus sensationnelles.

Bien des années plus tard, j'ai trouvé le livre sur les étagères d'une librairie. Ce n'était plus mon petit livre relié en drap noir, mais un humble et misérable pamphlet à la couverture jaunâtre. Pendant un moment, j'ai voulu l'acheter, mais j'ai changé d'avis et je l'ai remis sur l'étagère. Ainsi, je garde intacte en moi aujourd'hui l'image d'un petit livre noir dans lequel se trouve un peu du parfum authentique de mon enfance.

# IV.

Dans des objets petits et insignifiants - une plume d'oiseau noire, un banal petit livre, une vieille photo surprenant de personnages fragiles et dépassés, qui semblent souffrir d'une grave maladie interne, un tendre cendrier de faïence verte, modelé comme une feuille de chêne, sentant éternellement la cendre éventée, dans le souvenir simple et élémentaire des lunettes à verres épais du vieux Samuel Weber - dans de si petits ornements et de choses domestiques, je retrouve toute la mélancolie de mon enfance et cette nostalgie essentielle de la futilité du monde qui m'entourait comme une mer aux vagues figées.

La matière brute – dans ses masses profondes et lourdes de poussière, de pierres, de ciel ou d'eau – ou sous ses formes les plus incompréhensibles – fleurs en papier, miroirs, boules de verre avec leurs spirales intérieures énigmatiques, ou statues colorées – m'a toujours enfermé dans une captivité qui, douloureusement claquée contre ses murs, perpétuait en moi, insensément, l'étrange aventure d'être humain.

Partout où ma pensée se tournait, elle rencontrait des objets et des immobilités comme des murs devant lesquels je devais tomber à genoux.

Je pensais, terrifié par leur diversité, aux formes infinies de la matière, et pendant des nuits je me tordais, agité par une série d'objets qui tapissaient ma mémoire, sans fin, comme des escaliers mécaniques déployant sans cesse des milliers et des milliers de marches.

Parfois, pour endiguer la marée de choses et de couleurs qui inondaient mon cerveau, j'imaginais l'évolution d'un seul contour, ou d'un seul objet. J'ai imaginé, par exemple, et cela comme un répertoire correct du monde, la chaîne de toutes les ombres sur la terre, l'étrange et fantastique monde gris endormi aux pieds de la vie.

L'homme noir, couché comme un voile sur l'herbe, ses jambes maigres coulaient comme de l'eau, ses bras de fer noir, marchant parmi les arbres aplatis avec les branches explorées. Les ombres des navires glissant sur la mer, les silhouettes instables et aquatiques comme la tristesse qui va et vient, glissant sur l'écume. Les contours des oiseaux qui volent, noirs, venant du fond de la terre, d'un sombre aquarium. Et l'ombre solitaire, perdue quelque part dans l'espace, de notre planète ronde.

J'ai pensé un jour aux cavernes et aux creux, des précipices et des montagnes à la hauteur vertigineuse, jusqu'à la caverne élastique et chaude, ineffable, la caverne sexuelle. Je m'étais procuré je ne sais d'où une petite lampe de poche électrique, et la nuit, dans mon lit, affolé par l'insomnie et les objets qui remplissaient la chambre, je me glissais sous la couverture et regardais avec une attention tendue, comme une sorte d'étude intime et sans but, les plis du drap et les petites vallées qui se formaient entre eux. J'avais donc besoin d'une occupation précise et mesquine pour me calmer un peu. Mon père m'a trouvé dans une rangée à minuit, jouant sous des oreillers avec sa lampe de poche, et me l'a prise. Pourtant, il n'a fait aucune observation et ne m'a pas grondé. Je pense que la découverte avait été si étrange pour lui qu'il n'a pu trouver ni le vocabulaire ni la moralité qui pouvaient s'appliquer à un tel acte.


Quelques années plus tard, j'ai vu dans un livre d'anatomie une photographie d'un moule en cire de l'intérieur de l'oreille. Tous les canaux, sinus et trous étaient faits de matière complète, formant leur image positive. Cette photographie m'a impressionné au-delà de toute mesure, à la limite de l'évanouissement. En un instant j'ai réalisé que le monde pouvait exister dans une réalité plus vraie, dans une structure positive de ses cavernes, de sorte que tout ce qui est creusé devient plein, et les reliefs actuels se transforment en vides de forme identique, sans aucun contenu, comme ces fossiles délicats et bizarres qui reproduisent dans la pierre les traces d'un coquillage ou d'une feuille qui, au fil du temps, ont été macérés ne laissant que profondément sculptés les fins empreintes de leur contour.

Dans un tel monde, les gens n'auraient plus été des excroissances charnues multicolores, pleines d'organes compliqués et putrescibles, mais des formes vides pures, flottant, comme des bulles d'air, à travers l'eau, à travers la matière chaude et molle de l'univers complet. C'était, d'ailleurs, la sensation intime et douloureuse que j'éprouvais souvent dans mon adolescence, lorsque, à la fin des vagabondages sans fin, je me trouvais tout à coup au milieu d'un terrible isolement, comme si les gens et les maisons qui m'entouraient s'étaient soudain empêtrés dans la pulpe compacte et uniforme de la matière unique, dans laquelle j'existais seulement comme un simple vide se déplaçant çà et là, sans but.

Dans leur ensemble, les objets formaient des décors. L'impression de spectaculaire m'accompagnait partout avec le sentiment que tout évolue au milieu d'une performance factuelle et triste. Lorsque l'on échappe parfois à la vision terne et mate d'un monde incolore, son aspect théâtral, emphatique et obsolète apparaît.

Au sein de ce spectacle général, il y avait d'autres performances, plus époustouflantes, qui m'ont davantage plu parce que leur artificialité et les acteurs qui les jouaient semblaient vraiment comprendre le sens de la mystification du monde. Eux seuls savaient que, dans un univers spectaculaire et décoratif, la vie devait être jouée fausse et ornementale. Ces spectacles étaient le cinéma et le panoptique – panoramique.

La salle de cinéma B., longue et sombre comme un sous-marin coulé ! Les portes d'entrée étaient recouvertes de miroirs de cristal reflétant une partie de la rue. Il y avait donc un spectacle gratuit à l'entrée, avant celui de la salle, un écran étonnant dans lequel la rue apparaissait dans une lumière verdâtre onirique avec des gens et des voitures bougeant de manière somnambule dans ses eaux.

Dans le vestibule régnait une chaleur puante et acide comme celle d'un bain public. Le sol était cimenté et les chaises, lorsqu'elles se déplaçaient, laissaient échapper des gémissements comme des cris courts et désespérés. Devant l'écran, une meute de bretzelards et de petites pestes craquait des graines de tournesol et commentait le film à haute voix.

Les titres étaient épelés par plusieurs dizaines de bouches en même temps, comme des textes dans une école pour adultes.

Juste en dessous de l'écran jouait l'orchestre composé d'un pianiste, d'un violoniste et d'un vieux juif tirant la contrebasse. Ce vieil homme avait également pour mission d'émettre différents bruits correspondant aux actions à l'écran. Il criait « cocorico » quand le coq mascotte du générique Pathé apparaissait au début du film, et une fois, je me souviens, alors que la vie de Jésus était représentée, au moment de la résurrection, il s'est mis à frapper avec son archet frénétique sur la boîte de contrebasse pour imiter l'éclair céleste.

J'ai vécu les épisodes du film avec une intensité extraordinaire, m'intégrant dans l'action comme un véritable personnage du drame. Il m'est souvent arrivé que le film absorbe tellement mon attention que je m'imagine soudain me promener dans les parcs à l'écran, ou m'appuyer contre la balustrade des terrasses italiennes sur lesquelles Francisca Bertini jouait pathétiquement, les cheveux détressés et les bras agités comme des foulards.

Après tout, il n'y a pas de différence bien établie entre notre personne réelle et nos divers personnages intérieurs imaginaires. Lorsque la lumière s'allumait pendant la pause, la pièce avait l'air de revenir de loin. Il y avait quelque chose de précaire et d'artificiel dans l'atmosphère, bien plus incertain et éphémère que le spectacle à l'écran, je fermais les yeux et j'attendais que le craquement mécanique de la machine me fasse savoir que le film continuait - je trouvais alors la salle dans l'obscurité et tous les gens autour de moi, indirectement éclairés par l'écran, pâles et transfigurés comme une galerie de statues de marbre dans un musée éclairé par la lune à minuit.

Une rangée avait pris feu. La pellicule du film s'était brisée et s'était enflammée immédiatement, de sorte que pendant quelques secondes, les flammes du feu sont apparues à l'écran comme une sorte d'avertissement honnête que le cinéma brûlait et en même temps comme une suite logique du rôle de l'appareil de présenter les « nouvelles » et dont la mission l'avait ainsi fait, par un excès de perfection, représenter la dernière et la plus palpitante actualité - celle de son propre feu.

Des cris et des hurlements « Au feu ! Feu » comme le claquement d'un revolver. En un seul instant tant de bruit jaillit de la salle qu'il semblait que les spectateurs, jusque-là murés dans le silence et l'obscurité, n'avaient fait qu'accumuler en eux des décibels, comme des batteries calmes et inoffensives qui explosent lorsque leur capacité de charge est violemment dépassée.

En quelques minutes et avant que la moitié de la salle ne soit évacuée, le feu a été éteint. Cependant, les spectateurs n'arrêtaient pas de crier comme s'ils avaient à épuiser une certaine quantité d'énergie une fois déclenchée. Une jeune femme, la joue poudrée comme du gypse, poussa un cri strident en me regardant droit dans les yeux, sans faire un mouvement ni un pas vers la sortie. Un sans-culotte musclé, convaincu de l'utilité de ses forces en pareil cas, mais ne sachant toujours pas à quoi les faire servir, prit à tour de rôle les chaises en bois et les lança vers l'écran. Soudain, il y eut une forte détonation - une chaise avait heurté la contrebasse du vieux musicien.

Le cinéma était plein de surprises. En été, nous allions tôt le matin et sortions le soir quand il commençait à faire sombre. La lumière du dehors avait changé, la journée touchait à sa fin. C'est ainsi que je m'apercevais qu'en mon absence se produisait dans le monde un fait immense et essentiel, comme une sorte de triste obligation de continuer toujours son travail régulier, diaphane et spectaculaire. Ainsi, j'entrais de nouveau au milieu d'une certitude qui, par sa rigueur quotidienne, me paraissait d'une mélancolie sans fin, dans un tel monde, soumis aux effets les plus théâtraux et forcé chaque soir de représenter un coucher de soleil correct, les gens autour de moi apparaissaient comme de pauvres créatures à plaindre pour le sérieux avec lequel ils étaient toujours occupés et croyaient naïvement en ce qu'ils faisaient et ce qu'ils ressentaient.

Il n'y avait qu'un seul être dans la cité qui comprenait ces choses et pour qui j'avais une admiration respectueuse - la folle de la ville. Seule au milieu de gens rigides remplis jusqu'au sommet de la tête de préjugés et de conventions, elle seule conservait la liberté de crier et de danser dans la rue quand elle le voulait. Elle parcourait les rues en haillons, rongée par la crasse, décharnée, aux cheveux roux en bataille, tenant dans ses bras avec une tendresse maternelle une vieille caisse pleine de croûtes de pain et divers objets ramassés dans les poubelles.

Elle montrait ses parties intimes aux passants avec un geste qui, s'il avait été utilisé à d'autres fins, aurait été qualifié de « plein d'élégance et de style ».

« Qu'il est splendide, sublime d'être fou ! », je me disais, et je remarquais avec un regret inimaginable combien d'habitudes familières puissantes, stupides, et quelle éducation rationnelle et écrasante me séparaient de l'extrême liberté d'une vie folle. Je crois que quiconque n'a pas eu ce sentiment est condamné à ne jamais ressentir la véritable grandeur du monde.

L'impression générale et élémentaire de spectaculaire devint une véritable terreur dès que nous entrâmes dans un panoptique avec des figures de cire. C'était une frayeur mêlée d'un vague plaisir et, d'une certaine manière, de ce sentiment bizarre que nous avons tous parfois d'avoir vécu dans un certain milieu. Je crois que si l'instinct du but dans la vie est né en moi, en un temps quelconque, et si cette pulsion doit être liée à quelque chose de vraiment profond, essentiel et irrémédiable en moi, alors mon corps devrait devenir une statue de cire dans un panoptique et ma vie une simple et sans fin contemplation des fenêtres du panorama.

Dans la lumière sombre des lampes de carbure, j'ai senti que je vivais vraiment ma propre vie de manière unique et inégale. Toutes mes actions quotidiennes pouvaient être mélangées comme un jeu de cartes, je ne me souciais d'aucune d'entre elles. L'irresponsabilité des gens à l'égard de leurs actes les plus conscients était un fait d'évidence frappante. Qu'importait que moi ou un autre les commettions, puisque la diversité du monde les engloutissait dans la même monotonie uniforme ? Dans le panoptique, et seulement là, il n'y avait pas de contradiction entre ce que nous faisions et ce qui se passait.

Les personnages de cire étaient la seule chose authentique au monde - eux seuls ont falsifié de manière flagrante la vie, faisant, par leur étrange et artificielle immobilité, partie de l'air réel du monde. L'uniforme criblé de balles et taché de sang de quelque archiduc autrichien, avec sa triste figure jaune, était infiniment plus tragique que n'importe quelle mort véritable. Dans une caisse de cristal gisait une femme vêtue de dentelles noires, au visage brillant et pâle. Une rose d'un rouge stupéfiant se tenait fixée entre mes seins, et sa perruque blonde commençait à se décoller au bord du front, tandis que la couleur rose du fard à joues palpitait dans les narines et que ses yeux bleus, clairs comme du verre, me fixaient immobilement. Il était impossible pour la femme de cire de ne pas avoir un sens profond et turbulent que personne ne connaissait. Plus je le contemplais, plus son sens semblait se préciser, s'attardant vaguement quelque part en moi comme un mot dont je voulais me souvenir et dont je ne pouvais percevoir qu'un rythme lointain.

J'ai toujours eu une étrange attirance pour les affabulations féminines et les objets artificiels décorés, bon marché. Un de mes amis collectionnait les objets les plus divers qu'il pouvait trouver. Dans une boîte en acajou, il gardait cachée une bande de soie noire avec de la dentelle très fine sur les bords, cousue avec des paillettes de strass brillants, arraché, surement, à une vieille robe de bal. Par endroits, la soie avait commencé à moisir. Pour la voir, je lui ai donné des timbres et même de l'argent. Ensuite, il me conduisait dans un salon à l'ancienne pendant que ses parents dormaient et me le montrait. Je restai avec le morceau de soie à la main, muet de stupéfaction et de plaisir. Mon ami se tenait sur le seuil de la porte et attendait que personne ne vienne. Au bout de quelques minutes, il revenait, prenait ma soie, la mettait dans la boîte et disait : « Ça y est, maintenant c'est fini, ce n'est plus possible », comme me le disait parfois Clara quand les négociations dans la cabine duraient trop longtemps.

Un autre objet qui m'a ému au-delà de toute mesure lorsque je l'ai vu pour la première fois était une bague gitane. Je pense que c'était la bague la plus fantastique qu'un homme puisse inventer pour orner la main d'une femme. Les extraordinaires ornements de mascarade d'oiseaux, d'animaux et de fleurs, tous destinés à jouer un rôle érotique, la queue stylisée et ultramoderne de l'oiseau de paradis, les plumes oxydées du paon, la dentelle hystérique des pétales de pétunia, le bleu invraisemblable des sacs de singe, ne sont que de pâles tentatives d'ornementation sexuelle à côté de l'anneau vertigineux du gitan. C'était un objet d'étain magnifique, fin, grotesque et hideux. Particulièrement hideux - il attaquait l'amour dans les régions les plus sombres, à la base. Un vrai cri sexuel.

Bien sûr, l'artiste qui l'a travaillé a été inspiré aussi par des visions de panoptique. La pierre de l'anneau, qui était un simple morceau de verre fondu à l'épaisseur d'une lentille, ressemblait en tout point à des loupes dans des panoramas à travers lesquels l'on voyait des navires coulés, grossis à l'extrême, des batailles avec les Turcs et des assassinats royaux. Dans l'anneau, l'on apercevait un bouquet de fleurs ciselées en étain ou plomb et colorées avec toutes les teintures violentes des rondes peintures panoptiques.

Le pourpre des cadavres asphyxiés à côté du rouge pornographique des jarretières, la pâleur plombée des vagues furieuses émanant d'une lumière macabre, comme la semi-obscurité des tombes vitrées - tout était entouré de petites feuilles de laiton et de signes mystérieux. Hallucinant.

Je suis donc impressionné par tout ce qui est imité. Des fleurs artificielles, par exemple, et des couronnes mortuaires - surtout des couronnes mortuaires - oubliées et poussiéreuses dans leurs boîtes ovales en verre dans l'église du cimetière, entourant avec une délicatesse désuète de vieux noms anonymes, plongés dans une éternité sans résonance. Des images recadrées avec lesquelles les enfants jouent et des statues bon marché dans les champs de foire. Avec le temps, ces statues perdent leur tête ou une main, et leur propriétaire, en les réparant, entoure leur cou délicat de scrofules de plâtre blanc. Le bronze, sur le reste de la statue, acquiert alors la signification d'une souffrance tragique, mais noble. Et puis, il y a aussi les Jésus grandeur nature dans les églises catholiques.

Les vitraux jettent dans l'autel les derniers reflets d'un coucher de soleil rouge, tandis que les lys, à cette heure du soir, exhalent aux pieds du Christ la plénitude de leur parfum lourd et lugubre, dans l'atmosphère pleine de sang aérien et d'évanouissements odorants, un jeune homme pâle joue à l'orgue les derniers accords d'une mélodie désespérée.

Toutes ces images ont émigré dans le monde du vivant du panoptique. C`est dans le panorama des foires que je trouve le lieu commun de toutes ces nostalgies répandues dans le monde, qui, réunies, forment son essence même.

Il reste dans ma vie, un désir unique et suprême : assister au feu d'un panoptique. Voir la lente et scabreuse fonte des corps de cire, regarder avec stupéfaction les belles jambes jaunes de la mariée dans la boîte en verre se recroqueviller dans les airs et attraper entre ses cuisses une véritable flamme pour brûler ses parties intimes.

Outre le panoptique, la foire d'août m'a apporté bien d'autres chagrins et exaltations. Son ample exécution s'enflait comme une symphonie, depuis le prélude jusqu'aux panoramas isolés, qui arrivaient bien avant tout le monde et indiquaient le ton général de la foire, comme les notes éparses et longues annonçant au début de la pièce de concert le thème de toute la composition, jusqu'au grand finale, éclatant de hurlements, de claquements et de fanfares, le dernier jour, suivi de l'immense silence du champ laissé désert.

Les quelques panoramas qui apparaissaient tôt englobaient essentiellement le champ de foire dans son intégralité et le représentaient fidèlement. Il suffisait que le premier d'entre eux s'installât pour que toute la coloration, toute l'éclat et toute l'odeur de carbure de la foire entière descendît dans la ville.

Dans la foule des bruits quotidiens, il avait soudain un bruit rampant qui n'était ni le craquement d'une boîte de conserve, ni le cliquetis lointain d'une clef, ni le vrombissement d'une locomotive - un bruit facilement reconnaissable entre mille autres : la « Roue de la Fortune ».

Dans l'obscurité du boulevard, un diadème de verrerie colorée s'illuminait vers le soir, comme la première constellation de la terre. Bientôt d'autres suivaient et le boulevard devenait un couloir lumineux, le long duquel je marchais avec étonnement, comme j'avais vu dans une édition illustrée de Jules Verne un garçon de mon âge, penché vers le hublot d'un sous-marin, regardant, dans l'obscurité sous-marine, des phosphorescences marines merveilleuses et mystérieuses.

Quelques jours plus tard, la fête foraine s'était installée. L'hémicycle de la caserne était organisé, imbriqué et soudain complet. Des zones bien établies le divisaient en régions d'ombres et de lumières. Les mêmes chaque année. Il y avait, d'abord, la rangée de restaurants avec des dizaines de colliers d'ampoules colorées, puis les panoramas monstrueux, la façade ivre de lumière du cirque, et enfin l'obscure et humble caserne des photographes. Les gens tournaient, passaient, un à un, à travers des régions de luminosité maximale et des régions sombres, comme la lune sur le dessin de mon livre de géographie qui passait alternativement par des zones typographiques en noir et blanc.

Nous entrions dans des installations pour la plupart petites et mal éclairées, avec peu d'artistes, au ciel ouvert, où mon père pouvait traiter à l'entrée avec le réalisateur un prix collectif réduit pour notre famille nombreuse.

L'ensemble de la représentation avait un aspect improvisé et fortuit. Le vent de la nuit soufflait froidement au-dessus de la tête des spectateurs et, au-dessus de nous, toutes les étoiles brillaient dans le ciel. Nous étions perdus dans une caserne de fête foraine, égarés dans le chaos de la nuit jusqu'au minuscule point spatial d'une corps céleste. À ce moment-là, sur cette planète, des gens et des chiens jouaient sur une scène ; les gens jetant en l'air divers objets et en les attrapant, les chiens qui sautant à travers des cerceaux et en marchant sur deux pattes. Le ciel au-dessus de nous semblait infini...

En rang, dans une de ces pauvres kiosques, un artiste proposait au public un prix de cinq mille lei à celui qui saura imiter le numéro sensationnel et très facile qu'il présentera. Nous étions que quelques personnes dans le public. Un monsieur gros et avare, que je connaissais depuis longtemps, étonné de cette possibilité insoupçonnée de gagner une énorme somme dans un simple spectacle de foire, change tout à coup de place, s'approchant de la scène, résolu à observer avec la plus vive attention chaque geste de l'artiste, pour ensuite le reproduire et ramasser le pognon.

Quelques instants de silence terrible suivirent. L'artiste s'approche de la rampe : « Messieurs, dit-il d'une voix rauque, il s'agit de souffler la fumée d'une cigarette. » Il alluma une cigarette et retirant sa main de son col, où il l'avait gardée tout le temps, il laissa échapper un fin filet de fumée bleuâtre par l'ouverture d'un larynx artificiel qu'il conservait probablement suite à une opération. Le monsieur assis devant resta déconcerté et embarrassé ; il rougit jusqu'aux oreilles, et, retournant à sa place, murmura fort entre ses dents :

-   « Eh bien, ce n'est pas étonnant, s'il a une voiturette dans la gorge ! »

Imperturbablement, l'artiste répondit depuis la scène :

- « Je t'en prie, tu n'as qu'à le faire toi-même », voulant décerner une récompense à un compagnon d'infortune...

Dans ces baraques, pour gagner leur pain, des vieillards pâles et flétris avalaient des pierres et du savon devant le public, des jeunes filles contorsionnaient leur corps, et des enfants anémiques et amaigris, laissant tomber les épis de maïs qu'ils mangeaient, montaient sur scène et dansaient en agitant les clochettes attachées aux pantalons serrés.

Pendant la journée, immédiatement après avoir mangé, dans la chaleur brûlante du soleil, la désolation de la fête foraine était sans fin. L'immobilité des caissons de bois, avec leurs yeux fixes et leur crinière bronzée, acquérait je ne sais quelle terrible mélancolie de vie endurcie. Une odeur chaude de nourriture s'échappait du stand, tandis qu'un automatophone, quelque part au loin, s'obstinait à déballer d'une voix asthmatique sa valse. De son chaos, de temps en temps, une note métallique sifflante jaillissait, comme un jet d'eau soudain, haut et mince émergeant de la masse d'une mare d'eau.

J'aimais rester des heures devant les baraques des photographes, à contempler des inconnus, en groupe ou seuls, maussades ou souriants, assis devant des paysages gris avec des cascades et des montagnes lointaines. Tous les personnages, par leur cadre commun, semblaient être des membres de la même famille, se lançant dans un voyage dans le même lieu pittoresque où ils s'étaient photographiés l'un après l'autre.

Dans une rangée, d'une telle vitrine, je suis tombé sur ma propre photo. Cette rencontre soudaine avec moi-même, immobilisé dans une attitude fixe, là-bas, au bord de la foire, a eu un effet déprimant sur moi. Avant d'arriver dans ma ville, elle avait, bien sûr, voyagé dans d'autres endroits, inconnus pour moi. En un instant, j'eus le sentiment d'exister seulement sur la photo. Ce renversement des positions mentales m'est souvent arrivé, dans les circonstances les plus diverses. Elle s'approchait furtivement de moi et changeait soudainement mon corps intérieur. Comme témoin d'un accident de la rue, par exemple, je regardais ce qui se passait en tant que spectateur, au hasard, pendant quelques minutes.

Tout à coup, cependant, toute la perspective changeait, et - comme dans ce jeu qui consiste à reconnaitre sur la peinture des murs un animal bizarre, que du jour au lendemain l'on ne trouve plus, et que l'on voit à sa place, composé des mêmes éléments décoratifs, une statue, une femme ou un paysage – lors de l'accident de la rue, bien que tout restait intact, je voyais soudain les gens et tout ce qui m'entourait, du point de vue des blessés, comme si c`était moi celui qui était couché, et je regardais tout le monde depuis ma position de victime, de bas en haut, du centre à la périphérie, et avec la sensation vive de l`hémorragie qui me vider de mon sang.

De même, sans effort, comme conséquence logique du simple fait de regarder, je m'imaginais au cinéma vivant dans l'intimité des scènes à l'écran. Je me suis vu de la même manière, ici, devant la baraque du photographe a la place de celui qui me regardait fixement depuis le carton.

Toute ma vie, celle du moi qui se tenait en chair et en os derrière la fenêtre, m'apparaissait soudain indifférente et insignifiante, tout comme celle du moi-personne vivante de devant la vitre me paraissait absurde par les voyages à travers des villes inconnues du moi photographique.

De la même manière que la photographie qui me représentait se baladait d'un endroit à l'autre, contemplant à travers le verre sale et poussiéreux des perspectives toujours nouvelles, moi-même devant le verre, je promenais toujours mon personnage identique dans d'autres endroits, regardant toujours de nouvelles choses et n'en comprenant toujours rien. Le fait que je me déplaçais, que j'étais vivant, ne pouvait être qu'un simple hasard, un événement qui n'avait aucun sens, parce que, tout comme j'existais dans cette partie de la fenêtre, je pouvais exister au-delà, avec la même joue pâle, avec les mêmes yeux, avec les mêmes cheveux délavés qui m`agglutinaient dans le miroir en une silhouette rapide et bizarre, difficile à comprendre.

Ainsi, divers avertissements étaient venus de l'extérieur pour m'immobiliser et m'éloigner soudainement de la compréhension quotidienne. Ils me stupéfiaient, m'arrêtaient sur place et résumaient en un instant toute la futilité du monde. Tout m`apparaissait dans cette seconde chaotique - tout comme, en me bouchant les oreilles lors d`une démonstration de fanfare, j'avais un instant décollé mes doigts et toute la musique s`était transformée à ce moment-là en pur bruit.

Je me promenais dans les champs de foire toute la journée et surtout dans les prés environnants, où les artistes et les monstres du chapiteau, rassemblés autour du chaudron de polenta, échevelés et sales, descendaient de leurs beaux paysages et de leurs existences nocturnes d'acrobates, de femmes contorsionnistes et de sirènes, dans la pulpe commune et la misère de leur irréparable humanité. Ce qui, devant l'arène, paraissait admirable, désinvolte et parfois même somptueux, ici, derrière, en plein jour, retombait dans une familiarité mesquine et sans intérêt, qui était celle du monde de tous les jours.

Une fois, j'ai assisté aux funérailles de l'enfant de l'un des photographes itinérants.

Les portes du panorama étaient grandes ouvertes, et à l'intérieur, devant l'arrière-plan pour la photographie, gisait sur deux chaises le cercueil ouvert. La toile du fond représentait un splendide parc avec des terrasses à l'italienne et des colonnes de marbre. Dans ce décor de rêve, le petit cadavre, les mains croisées sur la poitrine, en tenue de fête, avec des guirlandes d'argent sur sa ceinture, semblait plongé dans une béatitude ineffable. Les parents de l'enfant et diverses femmes pleuraient désespérés autour du cercueil, tandis qu'à l'extérieur, la fanfare du grand cirque, empruntée gratuitement par le directeur, chantait gravement une sérénade d'« Intermezzo », la pièce la plus triste du programme.

Dans ces moments-là, le mort était certainement indiciblement heureux et paisible, dans l'intimité de sa paix profonde, dans le silence sans fin du parc de platanes. Bientôt, cependant, il fut arraché à la solennité dans laquelle il était couché et chargé dans une charrette, pour être transporté au cimetière dans la fosse humide et froide qui lui était destinée.

Le parc restait derrière chagriné et désert, dans les champs de foire. La mort empruntait ainsi des décors factuels et nostalgiques, comme si la foire avait formé un monde spécial, dont le but était de montrer l'infinie mélancolie des ornements artificiels, du commencement de la vie à la fin, et avec l'exemple vivant des pâles existences, consumés dans la lumière tamisée du panoptique, ou dans la pièce de l'attraction du mur sans limites, perdue dans les beautés supraterrestres, des panoramas des photographes.

La fête foraine devenait ainsi pour moi une île déserte, baignée d'auréoles attristées, tout à fait semblable au monde vague et clair dans lequel mes crises d'enfance m'entraînaient.

# V.

Le premier étage de la maison Weber, où j'allais souvent, depuis la mort de la vieille Etla Weber, ressemblait à un véritable panoptique. Dans les pièces ensoleillées, tout l'après-midi, la poussière et la chaleur flottaient le long des fenêtres remplies d'œuvres obsolètes, jetées au hasard sur des étagères. Les lits avaient été déplacés au rez-de-chaussée et les chambres restaient vides. Le vieux Samuel Weber (agence & commission) avec ses deux fils, Paul et Ozy, vivait maintenant dans les chambres du rez-de-chaussée.

Dans la première pièce, donnant sur la rue, le bureau est resté installé. C'était une pièce qui sentait la moisissure, remplie de registres et d'enveloppes contenant des échantillons de céréales, tapissée de vieilles publicités tachées de mouches. Certains d'entre eux, assis sur les murs depuis des années, s'étaient fondus dans la vie de la famille.

Au-dessus de la caisse enregistreuse, la publicité d'une eau minérale représentait une femme grande et mince portant des voiles diaphanes, déversant le remède salvateur aux infirmes assis à ses pieds. Bien sûr, dans les heures secrètes de la nuit,

Ozy Weber venait aussi s'abreuver à la source miraculeuse, ses bras aussi fins que des flûtes et la bosse de sa poitrine dépassant de sous ses vêtements comme le sternum gonflé d'un dindon.

L'autre publicité familière était celle d'une compagnie de transport, qui avec son navire glissant sur des vagues crépues, complétait le personnage de Samuel Weber et donnait ainsi à la casquette de capitaine et aux lunettes à verres épais un troisième élément de marin. Quand le vieux Samuel ferma un registre et le comprima sous la presse, en tournant la barre de fer, il parait qu'il tourne le gouvernail d'un navire sur des mers inconnues. Le vase rose avec lequel il se couvrait les oreilles pendait en longues mèches, et représentait naturellement une sage prudence contre les courants marins.

Dans la deuxième pièce, Ozy lisait des romans populaires, fourré dans un fauteuil en cuir, élevant le volume très haut pour le superposer, dans la pénombre venant de la rue, à travers le bureau, dans l'obscurité, vers un coin brillant, l'écran d'une monumentale broche en fer blanc en forme de chat, et sur le mur un miroir reflétant étrangement un carré de lumière grise - rappel fantomatique du jour à venir.

Je suis venu voir Ozy, comme les chiens entrent dans les cours étrangères, parce qu'une porte est ouverte et que personne ne les poursuit. J'étais particulièrement attiré par un jeu bizarre qui, je ne sais pas qui de nous deux et dans quelles circonstances, l'avait inventé. Le jeu consistait en des dialogues imaginaires racontés avec le plus grand sérieux. Il fallait rester sérieux jusqu'au bout et ne pas révéler en aucune façon l'affabulation de nos paroles.

J'entrai, et Ozy me dit d'un ton terriblement sec, sans quitter le livre des yeux :

- « Le doliprane que j'ai pris hier soir pour transpirer m'a causé une toux terrible. Le matin, je me tordais dans les draps ; finalement Matilda est venue (il n'y avait pas de Matilda) et m'a donné une pommade et elle m'a massé ».

L'absurdité et la stupidité de ce qu'Ozy énumérait me frappaient à la tête comme de puissants marteaux. J'aurais dû quitter la pièce immédiatement, mais avec un peu de jouissance pour me mettre délibérément à son niveau d'infériorité, j'ai répondu sur le même ton - je pense que c'était le secret du jeu.

- « Moi, j'ai un rhume, je lui ai dit (que c'était en juillet), et le Dr Caramfil (il existait) m'a prescrit une ordonnance. Dommage que ce docteur... tu sais, ce matin, il a été arrêté par la police...

Ozy leva les yeux du livre.

-   « Tu vois, je t'ai dit il y a longtemps qu'il fait de la fausse monnaie... »

-   « Eh bien, ai-je ajouté, sinon, comment autrement aurait-il pu dépenser autant avec les artistes de variétés ? »

Il y avait d'abord dans ces mots le plaisir un peu nauséabond de me plonger dans la médiocrité du dialogue et, en même temps, une vague impression d'impunité. Je pouvais donc librement calomnier le docteur, qui était mon voisin et dont je savais précisément qu'il se couchait tous les soirs à 9 heures.

Nous parlions ainsi de tout, mêlant des choses vraies à des choses imaginaires. A la fin, toute la conversation acquérait une sorte d'indépendance aérienne, flottant détaché de nous à travers la chambre, comme un oiseau curieux. Par ailleurs, si l'oiseau était réellement apparu entre nous, nous n'aurions pas douté plus que si nos paroles n'avaient rien à voir avec nous-mêmes.

Quand je suis redescendais dans la rue, j'avais l'impression d'avoir dormi profondément. Mais le rêve semblait toujours se poursuivre, et je regardais avec étonnement les gens discuter sérieusement. Ils ne se rendaient pas compte qu'on peut parler gravement de n'importe quoi, d'absolument n'importe quoi ?

Parfois, Ozy n'était pas d'humeur à faire de la conversation, alors il m'emmenait à l'étage avec lui. Depuis quelques années que la partie haute de la maison avait été abandonnée, et par l'habitude du vieux Weber d'envoyer « en haut » tous les objets inutiles, les choses les plus diverses et extraordinaires s'y étaient rassemblées. Dans les chambres, un soleil brûlant entrait par les fenêtres poussiéreuses et sans rideaux. Les fenêtres vitrées vacillaient légèrement lorsque nous marchions sur le vieux plancher, comme si nous grincions des dents, entre deux pièces, un rideau de perles servait de porte.

Je montais, un peu étourdi par la chaleur de la journée. La vacance absolue des pièces finissait de me faire tourbillonner. C'était comme si j'existais dans un monde que je connaissais depuis longtemps et dont je ne me souvenais pas bien. Mon corps avait une étrange sensation de picotement et de détachement. Ce sentiment s'approfondissait lorsqu'il fallait passer entre les deux pièces séparées par le rideau de perles.

Je fouillais dans les tiroirs, pour la plupart du vieux courrier, pour collectionner les timbres sur les enveloppes. Des paquets jaunis sortait un nuage de poussière et de insectes qui erraient précipitamment dans les journaux pour se mettre à l'abri. De temps en temps, une lettre tombait à côté et s'ouvrait, révélant une calligraphie obsolète et travaillée à l'encre délavée. Il y avait là quelque chose de triste et de résigné, une sorte de conclusion fatiguée à l'écoulement du temps, et un sommeil doux dans l'éternité, comme des couronnes mortuaires. Je trouvais aussi des photographies à l'ancienne, des dames vêtues de crinolines, ou des messieurs méditatifs, les doigts sur le front, le sourire anémique, au bas de la photo deux anges portant une corbeille de fruits et de fleurs, sous laquelle était écrit porte visite ou souvenir.

Entre photos et objets de vitrine - la corbeille à fruits en verre rose aux bords veloutés, les portemonnaies en velours dans lesquelles il n'y avait que de la soie mangée par les mites, divers objets aux monogrammes inconnus - entre tout cela régnait un air symbiotique de parfaite compréhension, comme une sorte de vie à part, identique à l`existence d'antan où les photos, par exemple, correspondaient à des gens qui bougeaient et vivaient. Ces lettres étaient écrites par de vraies mains chaudes et vivantes –une vie réduite à une échelle plus petite, dans un espace plus petit, dans les limites des lettres et des photographies, comme dans un décor vu à travers l'objectif épais des jumelles, la décoration demeurant exactement dans toutes ses composantes, mais minuscule et lointaine.

Vers le soir, quand nous descendions, l'on rencontrait souvent Paul Weber dans l'escalier. Il tenait son armoire dans la première pièce et montait se changer. C'était un garçon roux avec de grandes mains et des cheveux crépus, grandes lèvres épaisses et un nez de clown. Mais il y avait dans ses yeux une candeur indiciblement calme et reposante. Tout ce que Paul faisait avait un air détaché et indifférent à cause de ce regard.

Je l'aimais beaucoup, mais secrètement, et mon cœur battait fort quand je le rencontrais dans l'escalier. J'aimais la simplicité avec laquelle il me parlait toujours en souriant comme si notre conversation avait, outre son sens, une signification plus lointaine et plus éphémère. Il gardait ce sourire dans les conversations les plus sérieuses, même quand il traitait de diverses affaires avec le vieux Weber. J'aimais aussi Paul pour la vie secrète qu'il menait au-delà de ses occupations quotidiennes et d'où je n'avais que des échos murmurés avec étonnement par les adultes de mon entourage. Il paraît que Paul dépensait tout l'argent qu'il gagnait avec les femmes.

Il y avait dans sa débauche une fatalité irréparable contre laquelle le vieux Weber se heurtait comme un mur. Une fois, dans toute la ville se mit à courir une rumeur selon laquelle Paul avait désattelé les chevaux des voitures du marché et les avait conduits à la salle des variétés, où il avait improvisé une sorte de spectacle de cirque, avec l'assentiment des ivrognes les plus éminents de la ville. Une autre fois, il aurait pris un bain de champagne avec une femme. Mais combien n'a-t-on pas dit de lui ?

Il m'était impossible de définir ma sympathie pour Paul. Je voyais bien les gens autour de moi, la futilité et l'ennui avec lesquels ils consumaient leur vie : les jeunes filles riant bêtement dans le jardin; des marchands aux yeux sévères et importuns, le besoin scénographique de mon père de jouer son rôle de père, la fatigue cruelle des mendiants endormis dans des recoins sales - tout cela se fondait dans un aspect général et banal, comme si le monde, tel qu'il était, attendait depuis longtemps en moi, construit dans sa forme définitive, et que, chaque jour, je ne faisais que vérifier son contenu périmé en moi.

Ailleurs, tout était simple. Seul Paul se trouvait en dehors de tout, dans une densité compacte de vie et absolument inaccessible à ma compréhension. J'ai gardé au fond de moi tous ses gestes et ses moindres attitudes, mais pas comme un souvenir, mais plutôt comme une double existence de ceux-ci. J'essayais souvent de marcher comme il marchait, j'étudiais un certain geste et je le répétais devant le miroir jusqu'à ce que je le rendais exactement.

Au premier étage de la maison Weber, Paul était la figure de cire la plus énigmatique et la plus fine. Récemment, il y également amenait la femme pâle, avec des gestes et un mécanisme de marche silencieux qui manquaient... Le sol complétait ainsi sa galerie panoptique, depuis le capitaine de navire Samuel Weber, jusqu'au phénomène délicat et tordu de l'infantile Ozy.

Des puces et des objets pleins de mélancolie se trouvaient également à un autre étage laissé à l'abandon : dans la maison de mon grand-père. Les murs étaient recouverts d'étranges peintures, encadrées d'épais châssis en bois doré ou de bordures plus fines, en peluche rouge. Il y avait aussi des cadres faits de petits coquillages collés côte à côte, travaillés avec une minutie qui me faisait les contempler pendant des heures. Qui les avait collés ? Quels petits gestes vivants les avaient unis ? Dans ces œuvres défuntes, des existences entières renaissaient soudain, perdues dans la nuit du temps comme les images de deux miroirs parallèles, plongées dans des profondeurs verdâtres d'un rêve.

Dans un coin, le gramophone gisait avec son entonnoir à l'envers, magnifiquement peint, en tranches jaunes et roses, comme une énorme portion de glace à la vanille et à la rose, et sur la table il y avait des estampes dont deux représentaient le roi Carol Ier et la reine Elizabeth. Ces peintures m'ont longtemps intriguée. Il m'a semblé que l'artiste avait beaucoup de talent, car les traits étaient très sûrs et très fins, mais je ne comprenais pas pourquoi il les avait travaillés à l'aquarelle grise et lavée, comme si le papier avait été longtemps conservé dans l'eau.

Un jour, j'ai fait une découverte étonnante. Ce que je prenais pour une couleur délavée n'était rien de plus qu'un tas de minuscules lettres, déchiffrables uniquement à la loupe. Il n'y avait pas un seul coup de crayon ou de pinceau dans tout le dessin. C'était une juxtaposition de mots racontant l'histoire de la vie du roi et de la reine.

Ma stupéfaction renversa tout à coup l'incompréhension avec laquelle je regardais les dessins. De ma défiance pour l'art du dessinateur naissait une admiration sans bornes. J'y éprouvais le chagrin de n'avoir pas remarqué plus tôt la qualité essentielle du tableau, et en même temps grandissait en moi une grande insécurité dans tout ce que je voyais : puisque j'avais contemplé les dessins pendant tant d'années sans découvrir la matière même dont ils étaient composés, ne pouvait-il pas arriver que, par une myopie semblable, je manquasse le sens que toutes les choses qui m'entouraient ont inscrites dedans, peut-être, aussi clairement que les lettres qui les composent ?

Autour de moi, les surfaces du monde prenaient soudain des

lueurs étranges et des opacités incertaines comme des rideaux, des nébulosités qui devenaient transparentes pour montrer soudain la profondeur d'une pièce lorsqu'une lumière s'allumait derrière elles. Mais aucune lumière n'était jamais allumée derrière les objets, et ils étaient toujours baignés par les volumes qui les fermaient hermétiquement, et qui semblaient parfois s'amincir pour révéler à travers eux leur véritable signification.

L`étage disposait d'autres curiosités qui n'appartenaient qu'à lui. Telle était l'apparence de la rue vue à travers les fenêtres de devant. Les murs de la maison étant très épais, les fenêtres s'enfonçaient profondément, formant des voûtes où l'on pouvait s'asseoir confortablement. Je m'installais dans l'une d'elles comme une pièce vitrée et j'ouvrais les fenêtres donnant sur la ruc. L'intimité de la fosse, ainsi que le plaisir de regarder la rue d'une position agréable me donnaient l'idée d'un véhicule de taille égale, avec des coussins moelleux dans lesquels s'allonger, avec des fenêtres à travers pour regarder différentes villes et paysages inconnus, tandis que le véhicule traverserait le monde.

Une fois, mon père me racontait quelques souvenirs d'enfance. Lui demandant quel avait été son désir secret le plus ardent, il répondit qu'il voulait surtout posséder un véhicule miraculeux dans lequel se coucher et l'emmener partout dans le monde.

Je savais qu'enfant, il dormait dans la chambre à l'étage avec les fenêtres donnant sur la rue. Je voulais savoir plus - s'il aimait dormir dans les fosses de la fenêtre pour regarder en bas. Il répondit avec étonnement qu'en effet, tous les soirs, quand il se couchait, il se mettait dans une fosse et y restait des heures, jusqu'à ce qu'il s'endormisse souvent. Son rêve de véhicule l'avait probablement mis au même endroit et dans les mêmes circonstances que moi.

Il y avait donc dans le monde, outre les lieux maudits qui sécrètent des vertiges et des évanouissements, d'autres espaces plus bienveillants, dont les murs jaillissent d'images agréables et belles. Les parois de la fosse filtraient le rêve d'un véhicule parcourant le monde, et celui qui se trouvait à cet endroit s'imprégnait lentement de cette idée comme une fumée vertigineuse de haschisch...

Le premier étage comportait également deux greniers, dont l'un s'ouvrait par une fenêtre sur le toit. J'escaladais par là-bas. Toute la ville se déroulait autour de moi, grise et amorphe, loin dans les champs, où de minuscules trains traversaient le pont fragile comme un jouet. Ce que je voulais, c'était surtout ne pas avoir de vertiges et atteindre une sensation d'équilibre égale à celle que j'avais au sol. J'avais envie de mener ma vie « normale » sur le toit et de me mouvoir dans l'air subtil et vif de la hauteur sans crainte et sans impression particulière de vide. Je pensais que si j'y étais parvenu, j'aurais senti dans mon corps des poids plus élastiques et vaporeux, ce qui m'aurait complètement transformé pour faire de moi une sorte d'homme-oiseau.

J'étais persuadé que c'était seulement l'attention de ne pas tomber qui me pesait le plus, et la pensée d'être à une grande hauteur me traversait comme une douleur que je souhaitais pouvoir arracher à la racine. Pour que rien ne paraisse exceptionnel, là-haut, je me forçais à chaque fois à faire quelque chose de précis et de trivial : lire, manger ou dormir. Je prenais mes bigarreaux et le pain que mon grand-père me donnait et je montais sur le toit, je divisais chaque cerise en quartiers et je les mangeais une à une, pour que mon occupation « normale » dure le plus longtemps possible. Quand j'en finissais une, j'essayais tant bien que mal à jeter le noyau dans la rue, dans un grand chaudron exposé devant un magasin.

Dès que je descendais, je me précipitais là-bas pour voir combien de noyaux avais touché la cible. Il y en avait toujours trois ou quatre dans le chaudron. Ce qui me décevait au-delà de toute mesure, cependant, c'était que je n'en trouvais que trois ou quatre autres autour de la cuve. J'avais donc mangé très peu de bigarreaux, alors qu'il me semblait que j'étais sur le toit depuis des heures. Dans la chambre de mon grand-père, sur le cadran vert de l'horloge, je remarquais également que cela ne faisait que quelques minutes que j'étais monté. Le temps était probablement devenu de plus en plus dense au fur et à mesure qu'il « arrivait » plus haut. J'essayais en vain de le prolonger, en restant sur le toit le plus longtemps possible. Quand je descendais, je devais toujours admettre qu'il s'était passé beaucoup moins de choses que je ne l'avais imaginé. Cela renforçait mon sentiment étrange, indéfinissable et inachevé sur terre... Le temps d'ici-bas était plus rare qu'en réalité, il contenait moins de matière que de hauteur, et participait ainsi à la fragilité de toutes choses, qui semblaient autour de moi si denses et pourtant si instables, prêtes à tout moment à quitter leur sens et leur esquisse provisoire pour apparaître sous la forme de leur existence exacte...

... L`étage sol s`est décomposé morceau par morceau, objet par objet après la mort du grand-père. Il mourut dans la petite chambre humide qui donnait vers la cour où il avait choisi son abri de retraite et qu'il ne voulait quitter que pour son dernier voyage.

Là-bas, j'allais le voir tous les jours, sur son lit de mort, et j'assistais à la prière des mourants, qu'il a prononcée tout seul, d'une voix fatiguée et sans aucune émotion, après avoir revêtu une nouvelle chemise blanche, pour que la prière soit plus solennelle. Dans la même pièce, je l'ai vu quelques jours plus tard mort, allongé sur une table en tôle, pour sa dernière toilette. Mon grand-père avait un frère de quelques années son cadet, avec lequel il ressemblait d'une manière frappante. Ils avaient tous deux la même tête parfaitement ronde comme une petite sphère, couverte de poils soyeux d'un blanc éclatant, les mêmes regards vifs et percutants et la même barbe rare comme une écume tissée autour de boules vides.

Cet oncle demandait à la famille l'honneur de laver le mort et, bien que vieux et faible, il s'est mis au travail avec beaucoup de zèle. Il tremblait de la tête aux pieds alors qu'il apportait des bouilloires d'eau du robinet de la cour arrière pour chauffer la cuisine. Quand l'eau fut chaude, il l'apporta dans la pièce et commença à laver le cadavre avec du savon de Marseille et de la paille.

Tout en frottant le corps, il mâchait des mots et des larmes entre ses dents et, comme si grand-père entendait ce qu'il disait, il lui parlait à voix basse, en soupirant amèrement :

- « Voici le jour où nous sommes arrivés... C'est là que mes jours sombres m'ont amené... Tu es mort maintenant et je te lave... Malheur à moi... J'ai dû vivre si longtemps... jusqu'à ce que je m'empare de ce triste moment... »

Il essuyait ses joues et sa barbe, mouillées de larmes et de sueur, avec la manche de son manteau et continuait à laver son frère avec encore plus de zèle.

Les deux vieux, d'une ressemblance frappante, l'un mort et l'autre en train de le laver, formaient un tableau hallucinant. Les concierges du cimetière, qui faisaient habituellement ce travail eux-mêmes pour recevoir des pourboires de la part de la famille, se tenaient dans un coin et regardaient étrangement cet intrus leur volant le travail. Ils parlaient à voix basse, fumaient et crachaient par terre, partout.

Après une heure de travail, le frère de mon grand-père termina. Le cadavre gisait face contre terre, sur la table.

- « Avez-vous terminé ? », quelqu'un dans le groupe demanda, un petit homme à la barbe rousse, claquant des doigts nerveusement et malicieusement.

- « J'ai fini », répondit mon oncle. « Habillons-le... »

- « Aha ! C'est fini », dit de nouveau le petit homme plein d'ironie. Pensez-vous que vous avez terminé ? « Pensez-vous que c'est ainsi qu'une personne morte entre dans le sol ? Dans ce fouillis de saleté ? »

Le pauvre vieillard se tenait stupéfait au milieu de la pièce, la paille à la main, dans la pièce, nous regardant tous et nous suppliant avec des yeux muets de le défendre. Il savait bien qu'il avait lavé le mort avec beaucoup de soin, et il ne croyait pas mériter une insulte.

- « Bon, maintenant je vais te montrer qu'il n'est pas nécessaire de te mêler du travail des autres... », le vilain petit homme reprit et, arrachant la botte de foin tordue des mains du vieillard, se précipita sur la table, l'introduisit d'un mouvement rapide dans l'anus du mort, et en tirant un épais morceau d'excrément.

- « Tu vois que tu ne sais pas comment laver un mort ? », ont-ils dit. « Voulais-tu l'enterrer avec de la saleté dans ses tripes ? »

Le frère de grand-père a été secoué par un violent tremblement et a fondu en larmes.

Les funérailles ont eu lieu par une chaude journée d'été. Rien de plus triste et de plus impressionnant qu'un enterrement en pleine chaleur et en plein soleil, lorsque les gens et les choses apparaissent un peu plus grands, dans la vapeur de la chaleur, comme s'ils étaient aperçus à travers une loupe.

Quoi d'autre les gens pouvaient faire un jour comme celui-ci qu'enterrer leurs morts ? Dans la chaleur et la somnolence de l'air, leurs gestes semblaient répétés des centaines d'années auparavant, les mêmes à l'époque qu'aujourd'hui, comme toujours.

La fosse humide aspirait le mort dans une fraîcheur et une obscurité qui l'imprégnaient, certainement, comme un bonheur suprême. Des mottes de terre tombaient lourdement sur les planches, tandis que des gens vêtus de vêtements poussiéreux, en sueur et fatigués, continuaient à vivre sur terre leur vie impérieuse.

# VOUS.

Paul Weber s'est marié quelques jours après les funérailles de mon grand-père. Paul était un peu fatigué au mariage, mais il gardait son sourire... un peu triste et forcé, dans lequel se trouvait le début d'une dévotion.

Dans son col dur et ouvert vers l'avant, son cou nu et rouge bougeait étrangement, son pantalon paraissait plus long et plus mince que la norme, les queues de son smoking pendaient grotesquement comme celles d'un clown. Paul avait condensé en lui tout le grave ridicule de la cérémonie. Mais moi, je contenais la facette de ridicule la plus secrète et la plus intime. J'étais le petit clown ignoré.

Au fond du salon sombre, la mariée attendait dans son fauteuil sur la scène. Les voiles blancs étaient tirés sur son visage, et ce n'est que lorsqu'elle s'est retournée du baldaquin et les a soulevés que j'ai vu Edda pour la première fois.

Les tables d'hôtes étaient blanches et ordonnées dans la cour en une seule rangée. À la porte, tous les vagabonds de la ville s'étaient rassemblés, le ciel avait une couleur indécise d'argile jaunie, demoiselles pâles en robes de soie bleues et roses distribuaient de petits bonbons argentés. C'était un mariage.

La musique grinçait une vieille valse triste. De temps en temps, son rythme s'enflait, augmentait, semblait se rafraîchir, puis la mélodie s'amincissait de nouveau, de plus en plus, jusqu'à ce qu'il n'en restât plus que le fil métallique de la flûte.

Journée terriblement longue ; 24 heures c'est trop pour un mariage. Personne ne venait au fond de la cour, là-bas il y avait les écuries de l'hôtel et un monticule d'où je regardais tout de loin, tandis qu'autour de moi quelques poules cueillaient du grain dans les brins d'herbe, et de la cour venait la brise de la valse triste qui m'entremêlait à l'odeur fraîche du foin mouillé de l'écurie. De là-bas, j'ai vu Paul faire quelque chose d'extraordinaire : parler à Ozy, lui raconter quelque chose de drôle, peut-être une anecdote, car l'estropié s'est mis à rire, devenant violet, suffoquant presque sous le plastron bombé de sa chemise tordue.

Finalement, la nuit vint. Les quelques arbres de la cour plongeaient dans l'obscurité, creusant dans l'obscurité un parc mystérieux et invisible. Dans la salle mal éclairée, la mariée se tenait toujours sur l'estrade à côté de Paul, inclinant la tête devant lui quand il disait quelque chose à voix basse et laissant son bras doux entre ses doigts qui le caressait le long du gant blanc.

Quelques gâteaux ornaient à la table. Il y avait l'une particulièrement monumentale, comme un château fort avec des créneaux et des milliers de contreforts de crème rose. Les pétales des fleurs de sucre qui le recouvraient brillaient mats et huileux. Le couteau s'enfonça au milieu, et une rose grinça avec un son fin sous le tranchant, se brisant comme du verre en dizaines de morceaux. Les vieilles dames marchaient majestueusement dans leurs robes de velours, d'innombrables bijoux sur la poitrine et sur les doigts, avançant lentement et solennellement comme de petits autels d'église ambulants pleins d'ornements.

Lentement, lentement, le salon est devenu flou et absurde... Je me suis endormi en regardant mes mains rouges et chaudes.

La pièce où je me suis réveillé sentait la fumée épaisse, dans un miroir devant moi la fenêtre reflétait l'aube dans un carré parfait de soie bleue. J'étais allongé sur un lit ravagé, plein d'oreillers. Un petit bruit rugissait dans mes oreilles comme à l'intérieur d'une coquille - dans la pièce, une fine fumée flottait encore en strates.

J'essayais de me lever et ma main touchais les sculptures en bois du lit ; il y en avait qui remplissaient mes doigts et d'autres qui s'éloignaient du lit, poussant dans la lumière fanée de la chambre et se taillant en milliers de créneaux, de trous de dentelle et de moules. En quelques instants la pièce se remplissait immatériellement de toutes sortes de volutes par lesquelles je devais passer jusqu'à la porte, les enlevant et me faisant de la place à travers elles. Ma tête était toujours en train de siffler et tous les trous de l'air répétaient ce murmure. Dans le couloir, la lumière blanche me lava froidement les joues en me réveillant pour de bon.

Je rencontrai un monsieur en chemise de nuit, qui me regarda d'un air très fâché, comme s'il me reprochait d'être habillé si tôt le matin. Il n'y avait plus personne. Au fond de la cour, se trouvaient encore les tables d'hôtes avec les planches de sapin découvertes. L'aube était sombre et froide. Le vent soufflait dans la cour déserte les papiers de bonbons colorés. Comment la mariée avait-elle tenu sa tête ? Comment l'avait-il appuyée sur l'épaule de Paul ? Dans certains panoptiques, la femme de cire avait un mécanisme qui la faisait pencher la tête d'un côté et fermer les yeux.

Les rues de la ville avaient perdu toute signification, le froid pénétrait sous mon manteau, j'avais sommeil et j'avais froid.

93

Quand je fermais les yeux, le vent m'appliquait une joue plus fraîche sur ma joue et de derrière mes paupières je le sentais comme un masque - le masque de mon visage à l'intérieur de qui il faisait sombre et froid comme dans le dos d'un vrai masque en métal. Quelle maison sur mon chemin était censée exploser ? Quel poteau était censé se contorsionner comme un bâton en caoutchouc, me montrant ainsi ses grimaces ? Dans le monde, nulle part, et en aucune circonstance, rien ne passait jamais.

Une fois arrivé au marché, les gens déchargeaient de la viande pour le comptoir des bouchers. Ils portaient dans leurs bras des demi-bovins rouges et aubergine, mouillés de sang, grands et beaux comme des princesses décédées. Dans l'air sentait chaud la chair et l'urine. Les bouchers suspendaient chaque bétail à l'envers, les yeux globuleux et noirs tournés vers le sol. Ils étaient maintenant accrochés aux murs de porcelaine blanche comme des sculptures rouges, taillées dans la matière la plus variée et la plus tendre, avec le reflet aqueux et irisé de la soie et la clarté turbulente de la gélatine. Au bord des ventres ouverts pendaient la dentelle des muscles et les lourds colliers de graisse en perles. Les bouchers y glissaient leurs mains rouges et sortaient les précieuses entrailles et les posaient sur la table : objets ronds, larges, élastiques et chauds de chair et de sang.

La chair fraîche brillait veloutée comme les pétales de roses monstrueuses et hypertrophiées. L'aube devenait bleue comme de l'acier. Le froid matinal gémissait comme un son d'orgue profond. Les chevaux des charrettes regardaient les gens avec leurs yeux éternellement larmoyants. Le jet d'urine chaude d'une jument se frayait un chemin sur le macadam. Dans la flaque, tantôt mousseuse, tantôt claire, le ciel se reflétait profond et noir.

Tout devenait lointain et désolant. C'était matin, les gens déchargeaient de la viande, le vent pénétrait sous mes vêtements, je mourais de froid et d'insomnie et je me demandais dans quel monde nous vivons.

J'ai commencé à courir follement dans les rues. Le soleil relevait rouge, au bord des toits, l'obscurité régnait encore dans les rues aux hautes maisons, et ce n'est qu'à l'intersection des rues que la lumière jaillissait, miroitante, comme à travers des portes ouvertes, le long de couloirs déserts.

Je passai par l'arrière de la maison Weber ; les lourds volets de l'étage étaient fermés ; tout était désolé et triste ; le mariage était terminé.

Le sol de la maison Weber s'illumina d'ombres et de fraîcheur à l'arrivée d'Edda, tout comme les clairières des forêts profondes deviennent plus dégagées vue par la lumière verte, tamisée, des feuilles. Edda a d'abord recouvert les fenêtres de rideaux et posé des tapis moelleux sur le sol dans lesquels tous les échos déserts du sol se taisent.

Tous les matins, j'étais sur la terrasse, à inventorier la multitude d'objets tordus et artificiels qui sortaient des vitres. Ozy et moi les essuyions consciencieusement et les jetions à la poubelle. Edda allait et venait sur la terrasse, vêtue d'une robe bleue, avec des souliers dont les talons craquaient à chaque pas. Elle restait parfois penchée contre la balustrade, fermant un peu les paupières et regardant le ciel lumineux.

L'étage acquiert ainsi un parfum ineffable qui changea de contenu, comme une essence forte mélangée à une boisson alcoolisée.

Tous les événements étaient ainsi condamnés à apparaître dans ma vie de manière saccadée et soudaine, sans aucune possibilité de compréhension, isolés dans leurs contours, de tout passé. Edda est devenue un objet supplémentaire, un simple outil dont l'existence me torturait et s'accrochait à moi, comme un mot répété d'innombrables fois, qui devient incompréhensible à mesure que sa compréhension semble de plus en plus impérative.

La perfection du monde était prête à émerger de quelque part, comme un bourgeon qui devait traverser la dernière coquille pour se sentir à l'air libre. Les matins d'été, sur la terrasse de l'étage, il se passait quelque chose et tout mon corps avait du mal à comprendre exactement quoi. J'étais armé pour affronter Edda, avec toute l'amertume, toute l'humiliation et tout le ridicule nécessaires à une aventure.

Le rideau de perles entre les chambres fut conservé, des draps blancs avec de grands nœuds de rubans colorés entrèrent dans les vitrines. La maison Weber changeait entièrement, autour d'Edda commençait une pantomime avec quatre personnages : Paul devenait grave et fidèle ; le vieux Weber s'achetait une nouvelle casquette et des lunettes cerclées d'or ; Ozy attendait, haletant d'excitation, qu'Edda l'appelle à l'étage, et je me tenais sur la terrasse, les yeux larmoyants perdus dans le vide.

Tous les samedis après-midi, nous nous réunissions dans la salle de devant où le gramophone jouait des airs orientaux de Kismet et où Edda nous servait des gâteaux doux-amers à base de miel et d'amandes. Dans un bol de fruits, il y avait des noisettes, dans lesquelles Samuel Weber se servait amplement, avalant lentement, en mâchant saccadé, de sorte que son épiglotte bougeait dans sa gorge comme une poupée sur un fil de gomme.

Il gardait les jambes croisées, ce qui était une position plutôt reposante en dehors des affaires et du commerce des céréales, comme une attitude d'artiste sur une scène de théâtre. Quand il parlait, il pinçait les lèvres pour empêcher ses dents en or de se montrer. Il avait peur de ne pas déranger les objets de leur place, et quand il passait à travers le rideau de perles, il se retourna et rejoignit lentement les deux moitiés de la draperie derrière lui, de sorte qu'aucun cliquetis ne se produise.

Chez Ozy, toutes ses difformités s'aiguisaient et s'enroulaient dans une position d'extrême attention. Sa bosse semblait dépasser encore plus le contour de son corps, comme si elle se relevait pour capter les moindres mots d'Edda et les saluer une seconde auparavant. Paul seul marchait sur les tapis avec calme et confiance en lui-même. Il faisait des gestes larges où il n'y avait rien à ajouter ou à soustraire, et quand il serrait Edda dans ses bras, nous étions bien sûr heureux, après tout, les trois autres, qu'il le fasse mieux que n'importe lequel d'entre nous. Quant à moi, je ne sais pas vraiment où j'étais dans ma vie, à l'époque.

Un de ces après-midi, bien assis dans mon fauteuil, j'ai pressé fortement ma tête contre le revêtement du rembourrage. Les minuscules pointes de velours entrèrent dans ma joue, ce qui me causa une douleur assez vive. En une seconde, grandissait en moi, ridicule et magnifique, un impérieux désir d'héroïsme, tel que seul un samedi après-midi, dans l'ennui de la musique du gramophone, pouvait faire jaillir des pensées les plus diverses et les plus absurdes.

Ma tête était de plus en plus serrée, et à mesure que ma douleur devenait plus violente, ma patience à l'endurer devenait plus tenace. Peut-être y a-t-il en nous une autre faim et une autre soif que celles organiques, et quelque chose en moi avait alors besoin d'être abreuvé par une douleur simple et aiguë. De plus en plus fort, je me bouchais la joue et la frottais contre les poils rugueux, me tourmentant d'une souffrance qui commençait à me déchirer.

Soudain, Edda s'est retrouvée avec une plaque de gramophone à la main, me regardant avec étonnement. Il y avait un silence tout autour qui m'embarrassait au-delà de toute mesure.

-    « Qui y a-t-il ? », demanda Edda.

Je me suis vu dans le miroir aussi. J'étais le ridicule, parfaitement ridicule : une tache violette sur ma joue laissait une goutte de sang couler ici et là.

Les yeux grands ouverts, la joue saignante, me regardant dans le miroir, je n'ai pas pu m'empêcher de remarquer je ressemblais allégoriquement à la couverture à la mode du roman populaire, qui représentait le tsar russe ensanglanté et la main sur la mâchoire, suite d'un attentat.

Plus que la douleur de ma joue, j'étais maintenant torturé par le sort misérable de mon héroïsme, qui a fini par jouer, en chair et en os, un épisode des Mystères de la cour de Petrograd.

Edda imprégna un mouchoir dans de l'alcool pour m'essuyer la joue. Je fermai les yeux à cause des piqûres. La peau autour de la plaie est devenue chaude et brûlante comme la poire d'une flamme.

J'ai descendu les escaliers dans un état second, et les rues avides m'ont accueilli dans leur poussière et leur monotonie. L'été avait gonflé chaotiquement le parc, les arbres et l'air, comme dans un dessin dément. Toute son haleine chaude et ample était devenue monstrueuse dans la verdure, grasse et débordante. Le parc s'était répandu comme de la lave ; les pierres brûlaient ; mes mains étaient rouges et lourdes.

Dans le désert doux et chaud, j'ai promené mon image d'Edda, parfois multipliée en dizaines d'exemplaires, en dix, cent, mille Edda, côte à côte, dans la chaleur de l'été – statuaire, identique et obsessionnelle. Il y avait dans tout cela un désespoir cruel et lucide, pénétrant dans tout ce que je voyais et je ressentais. Parallèlement à ma vie élémentaire et simple, d'autres intimités se déroulaient en moi - chaleureuses, aimées et secrètes, comme une grande et fantastique lèpre intérieure.

J'ai composé les détails des scènes imaginaires avec la plus minutieuse exactitude. Je me voyais dans des chambres d'hôtel, avec Edda couchée à côté de moi, tandis que la lumière du coucher du soleil entrait par la fenêtre à travers les rideaux épais, et que leur ombre fine se dessinait sur sa joue endormie. Je voyais le dessin du tapis à côté du lit sur lequel étaient ses souliers, et sa bourse entrouverte sur la table, d'où dépassait un coin de mouchoir. L'armoire en miroir qui reflétait la moitié du lit et la peinture de fleurs sur les murs...

Il me restait un goût un peu amer de tout ça...

Je suivais des femmes inconnues dans le jardin, pas à pas, jusqu'à ce qu'elles rentraient chez elles, où je me tenais devant la porte fermée, brisé et désespéré.

Un soir, je conduisis de loin une femme jusqu'au seuil de sa maison. La maison avait un petit jardin à l'avant, faiblement éclairé par une ampoule électrique. Avec un élan soudain et insoupçonné en moi, j'ai ouvert la porte et me suis faufilé derrière la femme dans la cour, pendant qu'elle est entrée dans la maison, sans me remarquer, et je suis resté seul, au milieu de l'allée, dans la cour. Une idée étrange m'a traversé l'esprit...

Au milieu de la pépinière, il y avait une ronde de fleurs, en un instant je me suis retrouvé au milieu et, à genoux, la main sur le cœur, j'ai pris une position de prière. C'est exactement ce que je voulais : rester comme ça le plus longtemps possible, immobile, pétrifié, au milieu de la ronde. J'avais longtemps été tourmenté par ce désir de commettre un acte absurde, dans un endroit totalement étranger, et maintenant il m'était venu spontanément, sans effort, presque comme de la joie. Le soir bourdonnait autour de moi, émanant une effervescence chaleureuse et, dès les premiers instants, j'ai ressenti une énorme reconnaissance envers moi-même, pour le courage d'avoir pris cette décision.

Je voulais rester complètement immobile, même si personne ne me chassait et que je devais rester ainsi jusqu'au lendemain matin. Lentement, lentement, mes jambes et mes mains se sont raidies et ma posture a concocté une coquille intérieure de calme et d'immobilité sans fin.

Depuis combien de temps j'étais comme ça ?! Soudain, j'ai

entendu des voix dans la maison et la lumière à l'extérieur s'est éteinte. Dans l'obscurité, je sentais mieux la brise du vent de la nuit et l'isolement dans lequel je me trouvais, dans le jardin d'une maison étrangère.

Au bout de quelques minutes, la lumière s'est rallumée, puis s'est éteinte à nouveau. Quelqu'un dans la maison l'allumait et l'éteignait pour voir l'effet que cela avait sur moi. J'ai continué à rester immobile, déterminé à faire face à des expériences plus graves que le jeu avec la lumière. J'ai gardé ma main sur ma poitrine et mon genou dans le sol. La porte s'ouvrit et quelqu'un sortit, tandis qu'une voix épaisse de la maison criait :

-   « Laisse-le, laisse-le tranquille, il s`en ira tout seul. »

La femme que j'avais suivie s'approcha de moi. Elle était maintenant en robe de chambre, les cheveux détressés et en pantoufles. Elle m'a regardé dans les yeux et pendant quelques secondes, elle n'a rien dit. Nous étions tous les deux silencieux, finalement elle a posé sa main sur mon épaule et m'a dit doucement :

-   « Allez... Maintenant c'est fini », comme pour me faire comprendre qu'elle avait compris mon geste et qu'elle était restée silencieuse quelque temps justement pour le laisser se perfectionner à sa manière.

Cette compréhension spontanée m'a désarmé. Je me suis levé et j'ai essuyé la poussière de mon pantalon.

- « Tu n'as pas mal aux pieds ? », m'a-t-elle demandé. « Je n'aurais pas pu rester immobile aussi longtemps… »

Je voulais dire quelque chose, mais tout ce que je pouvais faire, c'était murmurer :

- « Bonsoir » et… partir précipitamment.

Tout mon désespoir hurlait de douleur dans mes entrailles.

# VIVRE

J'étais un garçon grand, mince et pâle, avec un cou fin qui apparaissait nu devant le col trop large de ma tunique. Mes longues mains pendaient au-delà du manteau, comme des animaux fraîchement écorchés. Mes poches débordaient de papiers et d'objets. C'est à peine si je trouvais un mouchoir, au fond, pour essuyer mes bottes de poussière, quand j'arrivais dans les rues du « centre ».

Autour de moi évoluaient les choses simples et élémentaires de la vie. Un cochon grattait la clôture et je m'arrêtais pendant de longues minutes pour le regarder. Rien ne surpassait en perfection le bruissement des poils rugueux sur le bois ; je trouvais en lui quelque chose d'immensément satisfaisant et une assurance rassurante que le monde continuera d'exister.

Dans une rue de la périphérie, il y avait un atelier de sculpture folklorique, où je suis resté longtemps immobile. Il y avait des milliers d'objets blancs et lisses dans l'atelier, au milieu des chutes bouclées qui tombaient de la dégauchisseuse et remplissaient la pièce de leur mousse rigide à l'odeur de résine.

Le morceau de bois sous la force de l'outil devenait plus lisse, plus pâle, et ses veines semblaient claires et bien écrites, comme sous la peau d'une femme.

À côté, sur une table, gisaient des boules de bois, des boules calmes et lourdes qui remplissaient ma main sur toute ma peau, d'un poids lisse et ineffable. Puis, il y avait les pièces d'échecs, parfumées à la teinture fraiche, et puis, tout le mur couvert de fleurs et d'anges. Ainsi, parfois de sublimes eczémas naissaient de la matière, avec des suppurations lacées, teintes ou sculptées. En hiver, les glaçons giclaient du froid dans les formes tordues de l'eau lourde, et en été, les fleurs éclataient en milliers de petites explosions, aux pétales de flammes rouges, bleues et oranges.

Tout au long de l'année, le maître sculpteur, avec ses lunettes sans verre, taillait dans le bois des cheminées et des flèches indiennes, des coquillages et des fougères, des plumes de paon et des oreilles humaines.

Je regardais en vain le lent travail pour capturer le moment où le morceau de bois déchiqueté et humide s'exhalait en une rose boisée. En vain j'essayais d'accomplir le miracle moi-même. J'avais dans ma main l'arbre négligé, ébouriffé et pierreux, et voilà, je sortais quelque chose du travail de la dégauchisseuse, d'une matière si glissante qu'elle rappelait un évanouissement.

Peut-être qu'au moment où je commençais à travailler la planche, un profond sommeil s'emparait de moi, et des pouvoirs extraordinaires poussaient des tentacules dans l'air, pénétrant dans le bois et produisant le cataclysme. Peut-être que tout le monde s'arrêtait dans ces moments-là et que personne ne savait le temps écoulé, dans un sommeil profond, le maître avait bien sûr sculpté tous les lys sur les murs et tous les violons avec des escargots.

Quand je me réveillais, la planche me montrait les lignes de son âge, comme une paume tendue, les lignes du destin.

Je tenais un objet après l'autre dans ma main et leur diversité me donnait le vertige, en vain je prenais une lime à la main, glissais lentement mes doigts dessus, je touchais ses creux, la balançais et la laissais rouler... en vain... en vain... Il n'y avait rien à comprendre.

Autour de moi, des matières dures et immobiles m'entouraient de toutes les côtés - ici sous forme de boules et de sculptures - dans la rue sous forme d'arbres, de maisons et de pierres ; matière immense et vaine, m'enfermant de la tête aux pieds, dans tous les sens du terme, autour de mes vêtements, des sources des forêts, en passant par les murs, par les arbres, par les pierres, par les bouteilles...

Dans tous les coins, la lave de matière était sortie du sol, gelant dans l'air vide, en forme de maisons avec des fenêtres, d'arbres aux branches qui s'élevaient toujours pour piquer le vide, de fleurs remplissant de petits volumes d'espace incurvés doux et colorés, d'églises poussant avec des dômes de plus en plus hauts jusqu'à la mince croix au sommet où la matière avait arrêté son flux en hauteur, impuissant à grimper plus loin. Partout, elle infestait l'air, y faisait irruption, le remplissait d'abcès de pierres, de creux blessés d'arbres...

Je marchais pris de folie autour des choses que je voyais et j'étais condamné à ne pas pouvoir m'échapper.

Parfois, cependant, je trouvais un endroit isolé pour reposer ma tête. Là, pendant un moment, tous les vertiges se tuaient et je me sentais mieux.

Une fois, j`ai trouvé un tel refuge dans l'endroit le plus étrange et le plus insoupçonné de la ville. C'était en effet si bizarre que je n'aurais pas imaginé moi-même qu'il pût constituer un repaire solitaire et admirable. Je pense que c'est seulement cette soif ardente de combler le vide des jours, n'importe où et n'importe où, qui m'a poussé vers cette nouvelle aventure.

... Un jour, en passant devant le théâtre de variétés de la ville, j'ai pris mon courage entre mes mains et je suis entré.

C'était un après-midi calme et lumineux. J'ai traversé une cour sale avec de nombreuses portes fermées. En bas, j'en ai trouvé une ouverte qui menait vers un escalier. Dans l'entrée, une femme faisait la lessive. Tout le couloir sentait la lessive. Je suis monté et la femme ne m'a rien dit au début, puis quand je suis arrivé à mi-chemin de l'escalier, elle a tourné la tête derrière moi et lui a murmuré : « Ah ! ... Tu es venu... », me prenant pour quelqu'un qu'elle connaissait.

Quand, longtemps après l'incident, je me rappelai ce détail, les paroles de la femme ne me parurent pas si simples : il y avait peut-être là l'annonce d'une fatalité qui présidait mes luttes, et qui, par la bouche de la blanchisseuse, me montrait que les lieux de mes aventures étaient fixés d'avance, et que j'étais condamné à y tomber comme dans des pièges bien tendus. « Ah ! Tu es venu, dit la voix du destin, tu es venu parce qu'il fallait venir, parce que tu ne pouvais pas t'échapper...

Je suis arrivé dans un long couloir, fortement réchauffé par le soleil qui entrait par toutes les fenêtres donnant sur la cour. Les portes des chambres étaient fermées ; il n'y avait aucun bruit, juste dans un coin un robinet d'eau qui coulait sans cesse. Il faisait chaud et désert dans le couloir, et l'embouchure du canal aspirait lentement chaque goutte d'eau comme si elle sirotait un verre trop froid.

Au fond, une porte s'ouvrait sur un grenier, où l'on pouvait trouver du linge étendu sur des cordes. Je traversai la passerelle et arrivai dans une petite salle avec des chambres propres, fraîchement blanchies à la chaux, dans chacune desquelles il y avait un coffre et un miroir - il s'agissait, bien sûr, des cabines d'artistes de variétés. D'un côté, un escalier descendait et là, je suis descendu jusqu'à la scène du théâtre.

Je me suis soudain retrouvé sur la scène vide, devant la salle déserte. Mes pas avaient une résonance étrange. Toutes les chaises et les tables étaient correctement disposées comme pour la représentation. J'étais face à eux, seul sur scène, au milieu d'une forêt théâtrale.

J'ai voulu ouvrir la bouche, sentant que je devais dire quelque chose à voix haute, mais le silence m'a fait sursauter.

Soudain, j`ai vu la cage du souffleur. Je me suis penché et j`ai regardé à l'intérieur. Dans les premiers instants, l`on ne distinguait rien, mais peu à peu, l`on découvrait le sous-sol de la scène rempli de chaises cassées et de vieux accessoires. D'un geste très prudent, je suis descendu dans la cage et je suis entré plus bas, en dessous.

Partout, la poussière s'était déposée en une épaisse couche. Dans un coin, il y avait des étoiles et des couronnes de carton doré, qui servaient bien sûr d'enchantement, dans un autre coin, des meubles de style rococo, une table et quelques chaises aux pieds cassés, au milieu, un siège solennel, quelque chose comme un trône royal. J'étais coincé là-dedans avec lassitude, finalement je me suis retrouvé dans un endroit neutre, où personne ne pouvait me connaître. J`ai posé mes mains sur les bras dorés du fauteuil et je me suis laissé bercer à volonté par la plus agréable sensation de solitude.

L'obscurité autour de moi s'était un peu dissipée ; la lumière du jour entrait sale et poussiéreuse à travers quelques doubles vitrages. J'étais loin du monde, loin des rues chaudes et exaspérantes, dans une cellule fraîche et secrète, au fond de la terre. Le silence flottait dans l'air, vieux et moisi.

Qui aurait pu deviner où j'étais ? C'était l'endroit le plus insolite de la ville et j'ai ressenti une joie tranquille en pensant que j'y étais. Autour de moi, il y avait des fauteuils tordus, des poutres poussiéreuses et des objets abandonnés : c'était le lieu commun de tous mes rêves.

C'est ainsi que j'ai resté tranquille, dans une béatitude parfaite, pendant quelques heures.

Finalement, je quittai la cachette, en suivant le même chemin qu'à l'aller. Curieusement, je n'ai rencontré personne cette fois-ci.

Le couloir semblait embrasé par les flammes du soleil couchant. Le tuyau continuait d'aspirer l'eau avec de petites gorgées régulières.

Dans la rue, j'ai eu l'impression pendant un moment que rien de tout cela ne s'était produit. Mais mon pantalon était poussiéreux, et je le laissai ainsi, sans l'essuyer, comme une preuve commode de l'intimité lointaine et admirable que j'avais abandonnée sous la scène.

Le lendemain, à la même heure de l'après-midi, j'ai soudain été inondé par nostalgie en pensant au sous-sol isolé.

Il était presque certain que cette fois-ci je rencontrerais quelqu'un, soit dans le couloir, soit dans le hall. Pendant un certain temps, j'ai essayé de résister à la tentation d'y retourner. Mais j'étais trop fatigué, trop chaud à cause de la canicule pour que la possibilité d'un risque m'effraye. Quoi qu'il arrive, je devais retourner sous la scène.

Je suis entré par la même porte dans la cour et monté le même escalier. Le corridor était également désert, et il n'y avait personne ni dans le grenier, ni dans le vestibule.

En quelques minutes, j'étais de retour à ma place, dans le trône théâtral, dans ma délicieuse solitude. Mon cœur battait la chamade ; j'ai été bouleversée par l'extraordinaire succès de mon escapade.

Je me mis à caresser les bras du fauteuil avec extase. J'aurais aimé que la situation dans laquelle je me trouvais pénètre mon être le plus profondément possible, qu'elle pèse le plus lourd possible, qu'elle traverse chaque fibre de mon corps pour que je puisse la sentir crédible.

J'y suis resté longtemps et je suis reparti sans rencontrer personne... J'ai commencé à venir régulièrement, presque tous les après-midis, sous la scène.

Comme si cette chose était tout à fait normale, les couloirs étaient toujours vides. Je tombais dans la fosse, écrasée par la béatitude. La même lumière bleue froide de la cave passait par les fenêtres sales. Il y régnait la même atmosphère secrète de solitude parfaite dont je ne pouvais me lasser.

Ces allers-retours quotidiens au sous-sol du théâtre se terminaient en un après-midi aussi étrangement qu'ils avaient commencé. Quand je suis sorti du grenier le soir, une femme prenait l'eau du robinet, dans le couloir.

Je passais lentement devant elle, au risque que l'on me demande ce que je faisais là. Mais elle continua son occupation, avec cet air indifférent et défensif que prennent les femmes quand elles soupçonnent qu'un étranger veut leur parler.

En haut de l'escalier, je m'arrêtai, impatient de lui parler. Il y avait d'un côté mon hésitation et de l'autre la certitude boudeuse de la femme que j'allais lui parler. Le murmure de l'eau du robinet divisait froidement le silence en deux zones bien distinctes.

Je me suis retourné et je me suis approché d'elle. Il m'est venu à l'esprit de lui demander si elle connaissait quelqu'un qui posait comme modèle pour dessins. J`ai prononcé le mot « personne » d'un air parfaitement détendu, de sorte qu'il ne dégage pas un désir trivial pornographique, mais seulement un souci purement artistique et abstrait de dessiner.

Quelques jours plus tôt, un étudiant, pour m`épater, surement, m'avait dit qu'à Bucarest, il donnait rendez-vous chez lui aux jeunes femmes sous prétexte de les dessiner et qu'il couchait ensuite avec elles. J'étais sûr que rien de tout cela n'était vrai et je ressentais, je ne sais comment, dans l'histoire de l'étudiant, la maladresse d'une histoire entendue d'un autre et racontée par soi-même. Mais elle était restée fermement gravée dans mon esprit, et maintenant une merveilleuse occasion se présentait de l'utiliser, de cette façon, l'histoire d'un étranger lointain, qui, ayant franchi le terrain stérile d'un autre, était redevenue assez mûre pour retomber dans la réalité.

La femme ne comprenait pas, ou elle simulait l`incompréhension, bien que je me sois donné du mal à le lui expliquer aussi clairement que possible. Pendant que nous parlions, une porte s'est ouverte et une autre femme est arrivée.

Tous deux se conseillaient à voix basse.

- « Eh bien, emmenons-le donc à Elvira, elle n'a toujours rien à faire », dit l'une d'eux. Elles m'avaient conduit dans une petite pièce sombre, que je n'avais pas remarquée, près de la passerelle.

À l'intérieur, au lieu d'une fenêtre, il y avait deux fissures dans le mur par lesquelles entrait un courant d'air froid. C'était la cabine de cinéma d'où les films étaient projetés l'été dans le jardin des variétés. Les traces du piédestal en ciment sur lequel reposait la machine étaient visibles sur le sol.

Dans un coin, une femme malade était allongée dans son lit, couverte jusqu'à la bouche, serrant les dents. Les autres femmes sont parties et m'ont laissée seul, au milieu de la pièce.

Je me suis approché du lit. La malade a sorti une main de sous la couverture et me l'a tendue. C'était une main longue, fine et gelée. Je lui ai dit en peu de mots qu'il y avait eu confusion, que j'avais été conduit à elle par erreur. Je marmonnai quelques excuses, lui disant vaguement de quoi il s'agissait : des dessins pour un concours d'art.

Elle ne s'est souvenue que du mot « concours » et a répondu à voix basse :

-   « D'accord... ... Je vais te donner le concours... Quand je me remettrai... Maintenant, je n'ai plus rien » ...

Elle a compris que j'avais besoin d'une aide financière. J'ai renoncé à toute autre explication et j'ai été embarrassé pendant quelques instants, ne sachant comment préparer mon départ. Pendant ce temps, elle se mit à se lamenter d'un ton très naturel, comme pour s'excuser de ne rien m'avoir donné.

-   « Tu vois, j'ai de la glace sur le ventre... J'ai chaud... J'ai chaud... Je suis vraiment désolée... Je ne suis pas bien… »

Je suis parti très triste et je ne suis jamais revenu au théâtre de variétés.

# VIII.

L'automne était arrivé avec son soleil rouge et ses matins vaporeux. Les bicoques entassées dans la lumière sentaient la chaux fraiche. Les jours passaient balayés par un ciel nuageux, comme du linge sale.

Il pleuvait à l'infini dans le parc désert. De lourds rideaux d'eau s'agitaient dans les ruelles comme dans une immense salle vide. Je traversais des flaques d'eau dans l'herbe mouillée et l'eau coulait le long de mes cheveux et de mes mains.

Dans les rues sales de la périphérie, quand la pluie s'arrêtait, les portes s'ouvraient et les maisons aspiraient l'air. C'étaient des intérieurs humbles avec leurs armoires tournées, avec leurs bouquets de fleurs artificielles disposés sur la commode, avec leurs statuettes en plâtre de bronze et leurs photographies d'Amérique. Des vies que je ne connaissais pas, perdues dans les pièces un peu moisies, basses de plafond, sublimes dans leur indifférence résignée.

J'aurais voulu vivre dans ces maisons, pénétrer dans leur

intimité, laisser toutes les rêveries et toute l'amertume se dissoudre dans leur atmosphère comme un acide fort.

Qu'est-ce que je n'aurais pas donné pour pouvoir entrer dans telle ou telle chambre, marcher familièrement et me jeter d'un pas fatigué sur le vieux divan, entre les coussins de creton fleuri ?! D'y acquérir une autre intimité intérieure, de respirer un autre air et de devenir moi-même... allongé sur le divan pour contempler cette rue sur laquelle je marchais, de l'intérieur de la maison, de derrière les rideaux (et j'essayais d'imaginer le plus fidèlement possible l'aspect de la rue vue du divan à travers la porte ouverte), pour pouvoir soudain retrouver en moi des souvenirs que je n'avais pas vécus, des souvenirs étrangers à la vie que j'ai toujours portée avec moi, des souvenirs appartenant à l'intimité des statuettes bronzées et du vieux globe de lampe aux papillons bleus et violets.

Comme je me serais senti bien dans les limites de ce décor bon marché et indifférent, qui ne savait rien de moi...

Devant moi, la rue sale étalait toujours sa pâte boueuse. Les maisons se déployaient comme des éventails, certaines blanches comme des blocs de sucre, et d'autres petites, le toit tiré sur leurs yeux, serrant les mâchoires comme des boxeurs. Il défilait des meules de foin, ou un peu plus loin, des choses extraordinaires :

un homme sous la pluie, portant sur son dos un lustre avec des ornements de cristal, une verrerie qui sonnait comme des clochettes sur ses épaules, tandis que de lourdes gouttes d'eau coulaient de toutes les facettes brillantes – en quoi constait, après tout, la gravité du monde ?

La pluie lavait les fleurs et les plantes fanées du jardin. L'automne y allumait des feux de cuivre, rouges et aubergine qui brillent plus fort avant de s'éteindre. Au marché, l'eau et la boue coulaient librement, en jaillissant d'énormes tas de verdure. Dans la betterave coupée apparait soudain le sang rouge et sombre de la terre. Plus loin s'étendaient les bonnes et douces pommes de terre à côté des tas de têtes coupées des choux feuillus. Dans un coin, s'élevait le tas d'une beauté exaspérée des citrouilles gonflées et hideuses, surgissant de leur écorce tendue par la plénitude du soleil bu tout l'été.

Au milieu du ciel, les nuages s'agglutinaient, puis se dispersaient, laissant entre eux des espaces clairsemés, comme des couloirs perdus à l'infini et des vides autrefois immenses, qui s'étalaient mieux que n'importe lequel désert déchirant qui planait toujours au-dessus de la ville.

La pluie tombait alors de loin, et d'un ciel qui n'avait plus de limite. J'aimais la couleur changée du bois mouillé et des grilles rouillées pleines d'eau, devant les jardins domestiques et bien élevés, à travers lesquels soufflait le vent mêlé aux ruisseaux comme une énorme crinière de cheval.

Parfois, j'avais envie d'être un chien, de regarder ce monde humide du point de vue oblique des animaux, de bas en haut, en tournant la tête. Marcher plus près du sol, les yeux fixés dessus, étroitement attaché à la couleur meurtrie de la boue.

Ce désir, qui rodait en moi depuis longtemps, roulait frénétiquement en ce jour d'automne sur le maïdan...

Ce jour-là, j'avais marché jusqu'à la périphérie de la ville, jusqu'au champ du marché du bétail. Devant moi s'étendait le maïdan, trempé par la pluie comme une énorme flaque de boue. Les excréments dégageaient une odeur acide d'urine. Le soleil se couchait sur le dessus dans un décor déchiqueté d'or et de violet, de boue chaude et douce étendue devant moi. Qu'y avait-il d'autre à baigner mon cœur de joie que cette table d'immondices propre et sublime ?

D'abord j'ai hésité, mes dernières traces d'éducation combattaient en moi avec des forces de gladiateurs mourants. En un instant, cependant, ils sombrèrent dans une nuit noire et opaque, et j`ai perdu tout contact avec moi-même.

J`entrai dans la boue d'abord avec un pied, puis avec l'autre. Mes bottes glissaient agréablement dans la pâte élastique et collante. Je ne faisais plus qu'un avec la boue, comme si je sortais de terre.

Il était maintenant sûr que les arbres n'étaient rien d'autre que de la boue coagulée sortant de la croûte terrestre. Leur couleur en dit assez. Et seulement des arbres ? Qu'en est-il des maisons, ou des gens ? Surtout les gens. Tout le monde. Il ne s`agit pas, bien sûr, de la légende stupide « tu es sorti de la terre et tu reviendras dans la terre ». C'était trop vague, trop abstrait, trop incohérent devant le maïdan boueux. Des gens et des choses avaient jailli de ces excréments et de cette urine dans lesquels j'étais en train de fourrer mes bottes très concrètes.

En vain les gens s'étaient-ils enveloppés dans leur peau soyeuse et s'étaient-ils vêtus d`habits d`étoffe, en vain... en eux gisait une boue implacable, impérieuse et élémentaire, une boue chaude, grasse et puante. L'ennui et la stupidité dont ils remplissaient leur vie en montraient assez aussi.

J'étais moi-même une créature spéciale de boue, un missionnaire envoyé par elle dans ce monde. Je me sentais bien dans ces moments-là, la façon dont sa mémoire me revenait et me rappelait mes nuits de tourbillons chauds et d'obscurité, lorsque ma boue essentielle prenait un élan inutile et tombait à la surface, je fermais alors les yeux et elle continuait à bouillir dans l'obscurité avec des babillages incompréhensibles.

Autour de moi s'étendait le maïdan boueux... C'était ma chair authentique, déchirée par les vêtements, écorchée par la peau, éraflée par la mousse, écartelée jusqu'à la boue.

Son humidité élastique et son odeur brute m'accueillaient dans les profondeurs parce que j'appartenais à eux aux profondeurs. Quelques apparitions, purement accidentelles, comme, par exemple, les quelques gestes que j'ai pu faire, les cheveux fins sur ma tête et des yeux minces, vitreux, humides, me séparaient de son immobilité et de sa saleté antique. C'était peu, trop peu devant l'immense majesté de la poussière.

Je marchais dans toutes les directions. Mes jambes étaient bouchées jusqu'aux chevilles. Il pleuvait lentement et au loin, le soleil était couché derrière le rideau de nuages sanglants et âcres.

Soudain, je me suis penché et mis mes mains dans le fumier. Pourquoi pas ? Pourquoi pas ? J'avais envie de crier. La pâte était tiède et douce ; mes mains la parcouraient en apesanteur. Quand je serrais le poing, la boue sortirait entre mes doigts en belles tranches noires, brillantes.

Qu'est-ce que mes mains avaient fait jusque-là ? Où avaient-elles perdu leur temps ? J'ai marché avec elles, à ma guise. Qu'avaient-elles été jusque-là, sinon de pauvres oiseaux prisonniers, liés par une grande chaîne de peau et de muscles d'épaule ? Pauvres oiseaux qui avaient l'intention de s'envoler en quelques gestes stupides de bienséance, appris et répété comme de grandes choses.

Lentement, lentement, elles se sont déchaînées à nouveau et ont profité de leur ancienne liberté. Maintenant, elles roulaient la tête dans le fumier, gargouillaient comme des pigeons, battaient des ailes, heureuses... Content, je me suis mis à les secouer joyeusement au-dessus de ma tête, les faisant voler. De grosses gouttes de boue sont tombées sur mon visage et mes vêtements.

Pourquoi les aurais-je supprimés ? Pour quelle raison ? Ce n'était qu'un début ; aucune conséquence grave n'a suivi mon acte, aucun tremblement du ciel, aucun tremblement de la terre. Une main pleine de saleté passa immédiatement sur ma joue. Une joie immense s'empara de moi, je n'avais pas été de si bonne humeur depuis longtemps. J'ai mis tes deux mains sur ma joue et mon cou, puis je les ai frottées sur mes cheveux.

La pluie s'est soudain remise à tomber, plus douce et plus épaisse. Le soleil éclairait toujours le maïdan comme un immense lampadaire, au fond d'une salle de marbre gris. Il pleuvait au soleil, une pluie dorée, ça sentait le linge.

Le maïdan était désert. Çà et là gisait de tas de tiges de maïs sèches rongés par le bétail. J'en ai pris un et l'ai déplié très soigneusement. Je grelottais de froid et, les mains pleines de boue, je dirigeais à peine les feuilles de maïs. Mais la chose m'intéressait. Il y avait beaucoup à voir dans un maïs sec. Tout en bas, sur le maïdan, il y avait une baraque couverte de roseaux. J'ai couru là-haut et je me suis retrouvé sous les avant-toits. Le toit était si bas que je me suis cogné la tête contre lui. Le sol près du mur était parfaitement sec. Je me suis allongé sur le sol. Je me frottai la tête contre de vieux sacs et, relâché, je pus maintenant me livrer librement à l'analyse minutieuse du maïs sec.

J'étais heureux de pouvoir faire cette recherche passionnante. Les rainures et les creux du maïs m'ont rempli d'excitation, je l'ai déballé avec mes dents et j'ai trouvé un duvet doux et sucré à l'intérieur. Cette doublure était idéale ; si les artères des gens avaient été tapissées pareillement, de peluches douces, bien sûr, l'obscurité en elles aurait été plus suave, plus facile à supporter.

J'ai regardé le maïs et, à l'intérieur de moi, le silence riait calmement, comme si dedans quelqu'un faisait toujours des boules de savon.

Il pleuvait avec du soleil et au loin, dans le brouillard, la ville fumait comme un tas d'ordures. Plusieurs toits et clochers d'églises brillaient étrangement dans ce crépuscule humide. J'étais si heureux que je ne savais pas quelle action absurde entreprendre en premier : analyser le maïs, me dégourdir les os ou regarder la ville lointaine.

Un peu plus loin, là où la boue commençait, une grenouille a soudainement fait quelques sauts, s'approchant d'abord de moi, mais a immédiatement changé d'avis et s'est dirigée vers le maïdan. « Adieu, grenouille !», j'ai crié derrière elle : « Adieu ! J'ai le cœur brisé que tu me quittes si vite... Adieu, belle... » J'ai commencé à improviser une longue tirade pour la grenouille, et quand l'exploit déclamatif fut fini, j'ai lancé le maïs après elle, peut-être que je la toucherai...

Finalement, regardant toujours les poutres au-dessus de moi, je fermai les yeux et m'endormis. Un profond sommeil m'envahissait jusqu'au cœur.

... j'ai rêvé que je me trouvais dans les rues d'une ville poussiéreuse, avec beaucoup de soleil et des maisons blanches ; peut-être une ville orientale. Je marchais à côté d'une femme vêtue de noir avec de grands voiles de deuil. Étrangement, cependant, la femme n'avait pas de tête. Les voiles étaient très bien rangés à l'endroit où devait se trouver la tête, mais à sa place il n'y avait rien d'autre qu'un trou béant, une sphère vide jusqu'à la nuque.

Nous étions tous les deux pressés et, côte à côte, nous suivions une charrette avec des croix rouges d'infirmerie, dans laquelle se trouvait le corps du mari de la dame en noir.

Naturellement, j'étais en temps de guerre. En effet, nous sommes rapidement arrivés à une gare et avons descendu les escaliers jusqu'à un sous-sol faiblement éclairé par l'électricité. Un convoi de blessés venait d'arriver et les infirmières s'affairaient nerveusement sur le quai, avec des petits paniers de cerises et de bretzels qu'elles distribuaient aux invalides du train.

Soudain, un gros monsieur bien habillé, avec une décoration militaire à la boutonnière, sortit d'un compartiment de première classe. Il portait des monocles et des guêtres blanches. La calvitie était cachée sous quelques poils argentés, dans ses bras il tenait un chien pékinois blanc, les yeux comme deux boules d'agate flottant dans l'huile. Pendant quelques instants, il se promena sur la plate-forme, cherchant quelque chose. Il trouva enfin ; c'était la vendeuse de fleurs. Il choisit quelques bouquets d'œillets rouges dans le panier et les paya, sortant l'argent d'un élégant portefeuille mince avec un monogramme d'argent.

Puis il remonta dans la voiture du train et par la fenêtre je vis comment il avait installé le chiot sur la table près de la fenêtre et lui avait donné à manger les œillets rouges, un par un. L`animal les avala avec un appétit évident...

Une terrible secousse me réveilla. Il pleuvait très fort en ce moment. Les gouttes se déversaient juste à côté de moi et j'ai dû me coller contre le mur. Le ciel était devenu noir et la ville n'était plus visible au loin. J'avais froid, et pourtant mes joues brûlaient. Je pouvais sentir leur chaleur sous la croûte de la boue incrustée.

J'ai voulu me lever et un courant électrique m'a traversé les jambes. Ils étaient totalement engourdis et j'ai dû les déplier lentement, l'un après l'autre. Les bas étaient froids et humides.

Je pensais me réfugier dans la baraque. Mais la porte était fermée et, en guise de fenêtre, la maison n'avait qu'une ouverture barricadée avec des planches. Le vent soufflait la pluie de tous les côtés, et je ne pouvais m'en éloigner nulle part…

Le soir commença à tomber, en très peu de temps la place fut plongée dans l'obscurité. Tout au bout, là où j'étais arrivé, un pub s'est allumé.

En un instant, j'étais là ; j'avais envie d'entrer, de boire un verre, de rester au chaud au milieu des gens et de l'odeur de l'alcool. J'ai fouillé dans mes poches et je n'ai pas trouvé un sou. Devant le pub, la pluie tombait joyeusement à travers un rideau de fumée et de vapeur qui empestait l'intérieur.

Je devais décider de quelque chose, par exemple rentrer chez moi. Mais comment ? Ce n'était pas possible dans la crasse dans laquelle j'étais. Et je ne voulais pas non plus abandonner la saleté.

Une amertume indicible descendit dans mon âme, comme peut l'avoir quelqu'un lorsqu'il voit qu'il n'a absolument plus rien à faire, plus rien à accomplir. J'ai commencé à courir dans les rues dans le noir, à sauter par-dessus les flaques d'eau et à m'enfoncer jusqu'aux genoux dans certaines d'entre elles.


Le désespoir m'envahit un instant, comme si j'aurais dû crier et me cogner la tête contre les arbres. Immédiatement, cependant, toute la tristesse fut enveloppée dans une pensée calme et douce. Je savais maintenant ce qu'il me restait à faire : comme rien ne pouvait continuer, je n'avais plus qu'à me débrouiller avec tout. Que laissons-nous derrière nous ? Un monde humide et laid où il pleut lentement...

# IX.

Je suis entré dans la maison par la porte de derrière. Je me suis faufilé dans les pièces en évitant de me regarder dans les miroirs. Je cherchais quelque chose d'efficace et de rapide qui puisse renverser soudainement dans l'obscurité tout ce que je voyais et ressentais, comme une charrette de pierres lorsque l`on lui retire la planche d`en bas.

Je me suis mis à fouiller dans les tiroirs, à la recherche d'un poison violent, et en fouillant, aucune pensée ne me venait à l'esprit ; il fallait juste que je finisse le plus vite possible. C'était comme si j'avais un travail à faire comme les autres.

L`on pouvait y trouver toutes sortes d'objets qui ne servaient à rien : des boutons, des ficelles, des fils colorés, des livres, tous sentant fortement le naphtalène. Tant de choses qui ne pourraient pas causer la mort d'un homme. C'est ce que le monde contenait dans ses moments les plus tragiques : des boutons, des fils et des ficelles...

Au fond d'un tiroir, je suis tombé sur une boîte de tablettes blanches. Il pourrait s'agir d'un poison, tout comme d'un médicament inoffensif. Il me vint à l'esprit, cependant, que dans tous les cas, pris en grande quantité, ils devaient être toxiques.

J'ai mis une sur la langue, un goût légèrement salé et fade se répandit en bouche. Je l'ai écrasé entre mes dents et sa poussière absorba toute ma salive. Ma bouche est devenue sèche.

Il y avait beaucoup de tablettes dans la boîte, plus de trente. Je suis allé au robinet dans la cour, et lentement, patiemment, j'ai commencé à les avaler. Pour chaque comprimé j'ai pris une gorgée d'eau et il m'a fallu beaucoup de temps pour finir la boîte. Les derniers ne glissaient plus vers le bas, comme si le cou avait gonflé.

Il y avait une obscurité totale dans la cour. Je me suis assis sur une échelle et j'ai commencé à attendre, un terrible bouillonnement a commencé dans mon estomac, mais ensuite je me suis senti bien et le cliquetis de la pluie semblait maintenant indiciblement intime. Il semblait comprendre mon état et me perçait profondément, comme pour me faire du bien.

La cour est devenue une sorte de salon et je m'y suis senti léger, de plus en plus léger. Toutes les choses autour faisaient des efforts désespérés pour ne pas se noyer dans l'obscurité. Soudain, j'ai réalisé que je transpirais terriblement. J`ai mis ma main dans sa chemise et la sortis mouillée. Autour de moi, le vide montait en flèche. Quand je me suis écrasé sur le lit, à la maison, la sueur me baignait de la tête aux pieds.

C'était une belle tête, extraordinairement belle - environ trois fois plus gros qu'une tête humaine, tournant lentement sur un axe en laiton qui allait de sa couronne à son cou.

Au début, je ne pouvais voir que la nuque. Qu'est-ce que cela pourrait être ? Il avait un éclat fané de vieille porcelaine avec des nuances d'ivoire. Toute la surface était imprimée de petits dessins bleus, une sorte de filigrane qui se répétait géométriquement, comme le dessin du linoléum. Ça semblait de loin à une belle petite écriture sur papier d'ivoire ; d'une beauté inimaginable.

Dès que ma tête s'est mise à bouger, tournant sur l'axe, un vertige profond m'a enveloppé. Je savais que dans quelques secondes, le visage du crâne apparaîtrait – l`effrayant et terrible visage.

C'était un visage par ailleurs bien formé, avec tous les reliefs humains normaux : des yeux exorbités, un menton très proéminent et un triangle creusé sous les pommettes, comme chez un homme maigre.

Mais la peau était fantastique : composée de fines lames de chair délicate, côte à côte, comme des draps bruns sur le dos des champignons.

Il y avait tant de strates et si serrées que si l`on regardait la tête fermer un peu les paupières, rien d'anormal ne transperçait, et les petits traits ressemblaient aux ombres hachurées d'une gravure sur cuivre.

Quelquefois, l'été, en regardant de loin les châtaigniers, chargés de feuilles, ils avaient l'aspect d'énormes têtes collées sur des troncs, les joues creusées dans l'abîme, comme les lames de ma tête.

Quand le vent soufflait à travers les feuilles, cette joue ondulait comme les vagues d'un champ de blé. De même, la tête tremblait, quand le piédestal tremblait.

Pour savoir que la joue était faite de draps, il suffisait d'enfoncer un peu le doigt dans la chair. Le doigt entrait sans résistance, comme dans une pâte humide et molle. Quand je le sortais, les draps revenaient et il n'y avait plus de trace.

Enfant, j'avais déjà assisté à l'exhumation et à la réinhumation d'un cadavre.

Il appartenait à une jeune fille, morte jeune, et avait été enterrée dans une robe de mariée. Le corsage de soie s'était brisé en longues bandes sales, et partout des traces de broderie se mêlaient à la poussière. Le visage, cependant, semblait intact et conservait presque tous ses traits. Sa couleur était brunie, ainsi sa tête semblait façonnée par du carton trempé dans l'eau.

Quand le cercueil fut sorti, quelqu'un a passé sa main sur la joue de la décédée. Puis, nous avons eu tous une terrible surprise : ce que je pensais être la joue bien conservée n'était rien d'autre qu'une épaisse couche de moisissure, environ deux doigts. La moisissure avait remplacé la joue charnue dans toute la profondeur de la peau, gardant toutes ses formes intactes. En dessous se trouvait le squelette nu.

C'était pareil pour ma tête, sauf qu'au lieu de moisissure, elle était recouverte de strates de chair. Avec mon doigt, cependant, je pouvais les traverser jusqu'à l'os.

La tête, bien que hideuse, constituait un refuge contre l'air.

Pour quoi contre l'air ? Car dans la pièce, l'air était éternellement en mouvement, visqueux, lourd, fluide, essayant de se coaguler dans d'affreuses stalactites noires.

C'est dans cet air que la tête apparut pour la première fois, et tout autour, il y avait un vide comme une auréole qui grandissait toujours. J'étais tellement content et heureux de son apparition que j'avais envie de rire. Mais comment pourrais-je rire au lit, la nuit, dans le noir ?

J'ai commencé à aimer ma tête insatiablement. C'était la chose la plus précieuse et la plus intime que je possédais. Elle venait du monde des ténèbres d'où seul un petit bourdonnement pénétrait jusqu'à moi, comme une ébullition continue dans mon crâne. Qu'y avait-il d'autre ? J'ouvris grand les yeux et regardai en vain l'obscurité, à l'exception de la tête d'ivoire, rien ne vint.

Je me suis demandé avec une certaine appréhension si cette tête ne deviendrait pas le centre de tous mes soucis dans ma vie, en les remplaçant tous, tour à tour, de sorte qu'à la fin je ne resterais qu'avec les ténèbres et avec elle. La vie semblait acquérir un sens précis et vrai. Pour l'instant, elle avait poussé dans l'air comme un fruit plein et mûr.

La tête était mon repos et ma béatitude, la mienne. Peut-être que si elle avait appartenu au monde entier, une terrible catastrophe se serait produite. Un seul moment de bonheur complet aurait pu geler le monde pour toujours.

Contre la « tête » luttait toujours, de plus en plus impuissant, le flux d'air visqueux. Quelquefois, à côté de lui, mon père apparaissait, mais vaguement et indirectement, comme une masse de vapeur blanche.

Je savais qu'il mettrait sa main sur mon front ; la main était froide. J'essayais d'expliquer la lutte entre la tête et l'air quand j'ai senti mon père déboutonner ma chemise et se glisser sous mon thermomètre comme un mince lézard de verre.

Il y avait un mouvement gênant autour de ma tête, comme le battement d'un drapeau. Incapable de s'arrêter ; le drapeau flottait toujours.

Je me suis souvenu de ce jour où, à l'heure du thé, là-haut, à l'étage Weber, Paul avait laissé pendre sa main le long de la chaise et qu'Edda, du lit, soulevant un peu sa chaussure, se mit à secouer sa paume en plaisantant. Ce geste avait acquis une virulence inhabituelle au fil du temps. Quand je me souvenais de lui, la chaussure commençait à gratter frénétiquement la main de Paul, jusqu'à ce qu'une petite blessure se formait, puis un trou dans la chair. La chaussure ne s'arrêta pas un instant de son mécanisme gênant : il creusa encore et encore sa paume percée, puis tout son bras, puis tout son corps...

C'est ainsi que le mouvement du drapeau a commencé dans la pièce. Il risquait maintenant de tout percer, de me dévorer, peut-être... J`hurlai désespérément, trempé de sueur.

- « Combien ? », demanda une voix ténébreuse.

- « 39 », répondit mon père, en s'en allant, m'abandonnant aux tempêtes qui s`hissaient.

La convalescence s'annonça un matin, comme une extrême fragilité de la lumière. Dans la chambre où je dormais, elle est entrée par une fenêtre arrachée, fixée au plafond. Le volume de la pièce perdait étrangement de sa densité. La clarté des choses pesait plus légèrement, et peu importe à quel point je respirais profondément, il restait un grand vide dans ma poitrine, comme la disparition d'une quantité importante de moi-même.

Dans les draps chauds, des miettes glissaient sous mes cuisses. Mon pied cherchait le fer du lit et le fer le perçait avec un couteau froid.

J'essayais de descendre. Tout était comme je m'en doutais : l'air était trop incohérent, il ne pouvait pas me soutenir. J'y entrais dedans nonchalamment comme si je traversais une rivière vaporeuse et chaude.

Je me suis assis sur une chaise, sous la fenêtre du plafond. Autour de moi, la lumière chassait l'exactitude des choses, comme si on les avait beaucoup lavées pour leur enlever de l'éclat.

Le lit, dans son coin, était plongé dans l'obscurité. Comment avais-je, dans cette obscurité, réussi à distinguer sur le mur, pendant la fièvre, chaque grain de chaux ?

J'ai lentement commencé à m'habiller ; les vêtements pesaient plus lourd que d'habitude, pendaient sur mon corps comme des morceaux de papier buvard et sentaient la réglisse du fer à repasser.

Flottant dans des eaux de moins en moins oxygénées, je suis sorti dans la rue. Le soleil m'éblouit immédiatement. D'immenses taches de lueurs jaunes et verdâtres recouvraient partiellement les maisons et les passants. La rue elle-même paraissait pâle et fraîche, comme si elle aussi était sortie de la fièvre d'une grave maladie.

Les chevaux des voitures, gris et nus, erraient anormalement. Tantôt ils marchaient lentement, lourdement et trébuchant, tantôt ils poursuivaient, respirant fortement par les narines pour ne pas tomber trop faibles au milieu de l'asphalte.

Le long couloir des maisons vacillait légèrement au gré du vent. La forte odeur de l'automne venait de loin. « Une belle journée d'automne ! » je me suis dit. « Une splendide journée d'automne ! » ...

Je marchais très lentement le long de maisons poussiéreuses, un jouet mécanique tremblait dans la vitrine d'une librairie. C'était un petit clown rouge et bleu qui battait sur deux minuscules plaques de laiton - assit dans cette chambre qui était la sienne, à la fenêtre, au milieu des livres, des balles et des fers à repasser, et frappait négligemment, gaiement.

Les larmes me vinrent aux yeux avec tendresse. C'était si propre, si frais et si beau dans ce coin de la fenêtre !

En effet, un endroit idéal dans ce monde pour s'asseoir tranquillement et frapper, vêtu de beaux vêtements colorés.

Voici quelque chose qui, après tant de fièvre, était simple et clair. Dans la fenêtre, la lumière d'automne devenait plus intime, plus agréable. Si seulement j'avais remplacé cette joyeuse petite machine ! Entre les livres et les balles, entourés d'objets propres, correctement posés sur une feuille de papier bleu. Boum ! Boum ! Boum ! Que c'est bon, que c'est bon dans la fenêtre ! Boum ! Boum ! Boum ! rouge, vert, bleu ; des balles, des livres et des peintures. Boum ! Boum ! Boum ! Quelle belle journée d'automne...

Lentement, cependant, le mouvement de la petite machine a commencé à s'atténuer. D'abord, les ceintures ne se touchent plus, puis soudain le jouet se retrouva les bras croisés en l'air. J'ai réalisé presque avec horreur que la poupée mécanique avait cessé de jouer. Quelque chose en moi se raidit douloureusement. Un beau et joyeux moment s'était figé dans l'air. J`ai rapidement quitté la fenêtre et je suis entré dans un petit jardin public du centre-ville.

Les châtaigniers avaient perdu leurs draps jaunis. L'ancien restaurant en bois était fermé, et beaucoup de bancs cassés gisaient en désordre devant lui. Je m'affaissai sur un banc, creusé je ne sais comment, de telle manière que je me retrouvai presque allongé sur le dos, les yeux vers le ciel. Le soleil envoyait une lumière douce et cristalline à travers les branches.

Pendant quelque temps, je restais ainsi, les yeux perdus dans les hauteurs, affaiblis, indiciblement affaiblis.

Tout à coup, à côté de moi s'assit un garçon corpulent, les manches retroussées, le cou rouge et fort, les mains grandes et sales. Il se gratta la tête pendant quelques instants avec ses dix doigts, puis sortit un livre de la poche de son pantalon et commença à lire. Il tenait fermement les feuilles dans sa paume pour que le vent ne souffle pas dessus, et lisait à haute voix ; de temps en temps, il passait la main dans ses cheveux comme pour mieux comprendre.

Je toussai et chahutai :

- « Qu'est-ce que tu lis ? » demandai-je, renversé sur le banc, fixant les branches des arbres.

Le garçon m'a mis le livre dans la main comme un aveugle. C'était une longue histoire lyrique sur les hors-la-loi, un livre visqueux plein de taches de graisse et de saleté ; l'on voyait bien qu'il était passé entre de nombreuses mains. Alors que je regardais le livre, il s'est levé et s'est tenu devant moi, fort, sûr de lui, les manches tordues et le cou nu.

Quelque chose d'aussi agréable et de calme que de taper des cymbales grésillantes dans une vitrine.

- « Et... N'as-tu pas mal à la tête en lisant ? », je lui ai demandé en lui rendant le livre. Il n'avait pas l'air de comprendre.

- « Pourquoi cela devrait-il me faire du mal ? Je n'ai pas mal du tout », dit-il, et il s'assit de nouveau sur le banc pour lire la suite.

Il y avait donc une catégorie de choses dans le monde dont je n'étais censé jamais faire partie, des jouets mécaniques négligents, des garçons robustes qui ne se blessaient jamais à la tête. Autour de moi, parmi les arbres, au soleil, coulait un courant vif et ample, plein de vie et de pureté. J'étais destiné à rester à jamais sur son bord, rempli d'obscurité et de faiblesses défaillantes.

En me dégourdissant les jambes sur le banc et en appuyant mon dos contre un arbre, j'ai trouvé une position très confortable. Après tout, qu'est-ce qui m'empêche d'être fort et négligent ? Sentir en moi circuler une sève vigoureuse et fraîche, qui circulait à travers les milliers de branches et de feuilles de l'arbre, se tenir debout et insignifiant au soleil, droit, sobre, avec une vie sûre et bien définie, enfermée en moi comme dans un piège...

Pour cela, je devrais peut-être d'abord essayer de respirer plus profondément et moins souvent : je respirais mal, ma poitrine était toujours trop pleine ou trop vide. Mais j'ai commencé à respirer l'air avec confiance. Après quelques minutes, je me sentais mieux. Un faible fluide de perfection, mais que je sentais gonfler à chaque instant, se mit à couler dans mes veines. Le bruit de la rue me rappelait de loin la ville, mais maintenant la ville tournait très lentement autour de moi comme un disque de gramophone. J'étais devenu quelque chose comme le centre et l'axe du monde. L'essentiel était de ne pas perdre l'équilibre.

Dans un cirque, une fois, le matin, alors que les artistes répétaient, j'ai assisté à une scène qui m'est revenue à l'esprit... Un amateur dans le public, un simple spectateur, sans aucune formation, a grimpé, sans ciller, avec beaucoup de courage, sur la pyramide de chaises et de tables sur laquelle l'acrobate de cirque avait monté un peu auparavant. Nous admirions tous la précision avec laquelle il escaladait la dangereuse construction, et la frénésie d'avoir réussi à franchir les premiers obstacles enivrait l'amateur d'une sorte de science de l'équilibre, pleine d'inconscience, qui lui faisait mettre la main exactement au bon endroit, étirer sa jambe avec précision et trouver en lui-même le poids minimum avec lequel approcher un nouveau pas en hauteur.

Déconcerté et satisfait de la sécurité de ses gestes, il atteignit le sommet en quelques secondes. Ici, cependant, quelque chose de très spécial s'est produit avec lui : il a réalisé en un instant la fragilité du point d'appui où il se trouvait, ainsi que son extraordinaire audace. Serrant les dents, il demanda à voix basse une échelle et recommanda à plusieurs reprises à ceux qui se trouvaient en dessous de la tenir fermement et de ne pas la déplacer. Le courageux amateur ramassait avec une infinie prudence, pas à pas, en sueur de la tête aux pieds, étonné et agacé par l'idée qu'il devait grimper.

Ma position maintenant dans le jardin était au sommet de la pyramide branlante. Je sentais une forte sève nouvelle circuler en moi, mais je devais me forcer à ne pas tomber du haut de mon admirable certitude.

Il me venait à l'esprit que c'est ainsi que je verrais l'Edda, calme, sûre de moi, pleine de lumière. Je n'y étais pas allé depuis longtemps. Je voulais au moins une fois me présenter devant quelqu'un : entier et inébranlable.

Silencieux et magnifique comme un arbre. C'était ça, comme un arbre. Je tirai de l'air dans ma poitrine et, en me couchant sur le dos, j'adressai un salut chaleureux de camaraderie aux branches au-dessus de moi. Il y avait quelque chose de rugueux et de simple dans l'arbre qui était merveilleusement lié à mes nouvelles forces. Je caressais son tronc comme pour tapoter l'épaule d'un ami. « Camarades d'arbres ! » Plus je regardais de près la couronne de branches infiniment étalée, plus je sentais comment la chair se divise en moi et à travers ses vides commence à faire circuler l'air vivant à l'extérieur. Le sang montait dans les veines majestueuses et pleines de sève, écumé par l'ébullition de la vie simple.

Je me suis levé. Un instant, mes genoux fléchirent d'un air incertain, comme pour comparer avec une seule hésitation toutes mes forces et toutes mes faiblesses. À grandes enjambées, je partais vers la maison d'Edda.

# X.

La lourde porte en bois qui menait à la terrasse était fermée. Son immobilité me troubla un peu. Toutes mes pensées s`étaient envolées.

Je saisis la poignée de la porte, en appuyant. « Courage ! », je me suis dit, mais je me suis arrêté pour rectifier. « Courage ?! Seules les personnes timides ont besoin de courage pour faire quelque chose ; les *normaux*, les forts n'ont ni courage ni lâcheté, ils ouvrent des portes tout simplement, comme ça... »

L'obscurité fraîche de la première chambre m'enveloppait d'un air de calme et joyeux, comme si elle m'attendait depuis longtemps. Cette fois, le rideau de perles qui se rejoignait derrière moi avait un cliquetis bizarre qui me donnait l'impression d'être seul, dans une maison vide, au bout du monde. Ce sentiment d'équilibre extrême était-il au sommet de la pyramide des chaises ?

Je frappai violemment à la porte d'Edda.

Elle répondit, effrayée, en me disant d'entrer. Pourquoi est-ce que je marchais si lentement ?

« Je marchais lentement ? » Il me semblait, cependant, que la présence d'une personne comme moi, ou plutôt d'un arbre, devait être ressentie de loin. Dans la pièce, cependant, il n'y avait pas d'étonnement, pas de peur, pas la moindre émotion.

Quelques secondes, mes pensées me précédaient, d'une façon idéale, avec une grande perfection et une grande sobriété de gestes. Je me suis vu m'avancer sûrement, d'un mouvement désinvolte, assis aux pieds d'Edda sur le lit, où elle était couchée. Mais ma vraie personne était à la traîne, derrière ces beaux projets, comme une remorque sale et cassée.

Edda m'invita à m'asseoir et je me suis assis sur une chaise, à une grande distance d'elle.

Le pendule de l'horloge battait entre nous un tic-tac agaçant et très sonore. Curieusement, le tic-tac montait et diminuait comme le flux et le reflux de la mer, allant en vague vers l'Edda, jusqu'à ce que je ne puisse presque plus l'entendre, puis revenant gonflé vers moi, me brisant violemment les oreilles.

- « Edda », commençai-je à parler, rompant le silence, « laisse-moi te dire quelque chose de très simple... » Edda ne répondit pas. « Edda, sais-tu quoi je suis ? »

- « Quoi ? »

- « Un arbre, l'Edda, un arbre... »

Toute cette brève conversation s'est déroulée, bien sûr, strictement à l'intérieur de moi, et pas un mot n'a été prononcé en vérité.

Edda se blottit sur le lit, serrant ses genoux sous elle et les couvrant de son peignoir. Elle a ensuite mis ses mains sous sa tête, me regardant très attentivement. J'aurais volontiers donné n'importe quoi pour trouver un autre point dans la pièce à examiner.

Je vis soudain sur une étagère un grand bouquet de fleurs dans un vase. Cela me sauva.

Comment se fait-il que je ne les aie pas vues avant ? J'étais là tout le temps depuis que j'étais entré. Pour vérifier leur apparence, je détournais le regard un instant et revenais vers elles. Elles étaient là, à leur place, immobiles, grandes, rouges... Alors comment se fait-il que je ne les aie pas vues ? J'ai commencé à douter de ma certitude en tant qu'arbre. Voici, un objet était apparu dans la pièce où il n'avait pas été un instant auparavant. Ma vision a-t-elle toujours été claire ? Peut-être y avait-il des traces d'impuissance et d'obscurité laissées dans mon corps qui circulaient à travers ma nouvelle luminosité comme des nuages dans un ciel lumineux, couvrant ma vision alors qu'ils passaient à travers l'humeur de mes yeux, tout comme les nuages dans le ciel couvrent soudainement le soleil et plongent une partie du paysage dans l'ombre.

- « Qu'elles sont belles ces fleurs », j`ai dit à Edda.

- « Quelles fleurs? »

- « Celles qui sont là-bas, sur l'étagère... »

- « Quelles fleurs? »

- « Ces beaux dahlias rouges... »

- « Quels dahlias? »

- « Comment cela? ... « Quels dahlias » ?

Je me suis précipité vers l'étagère. Jetée sur une pile de livres, une écharpe rouge était posée. Au moment où j'ai tendu la main et que je me suis convaincu qu'il s'agissait bien d'une écharpe, quelque chose a hésité au fond de moi, comme l'oscillation du courage de l'équilibriste amateur, au sommet de la pyramide, entre acrobatie et dilettantisme. Bien sûr, j'avais atteint ma hauteur extrême.

Il s'agissait maintenant de se retourner et de s'asseoir. Et plus loin, qu'est-ce que je vais devoir faire, qu'est-ce que j'aurai à dire par la suite ?

Pendant quelques instants, je fus si stupéfait par ce problème qu'il m'était impossible d'exécuter le moindre mouvement. Comme les vitesses très élevées des volants d'inertie des moteurs qui les rendent immobiles, mon hésitation profondément désespérée m'a donné une rigidité de statue. Le tic-tac du pendule se balançait bruyamment, me raidissant avec de petits ongles sonores. Je me suis arraché de mon immobilité avec beaucoup de peine.

Edda était dans la même position sur le lit, me regardant avec le même calme étonnement ; l'on pourrait dire qu'une puissance malicieuse, extrêmement perfide, donnait aux choses leur aspect le plus commun, pour me mettre dans les plus grands ennuis. Voici ce que je combattais, voici ce qui était implacablement contre moi : l'aspect commun des choses.

Dans un tel monde, toute initiative devenait superflue, voire impossible.

Ce qui me faisait bouillonner, c'était qu'Edda ne pouvait pas être autrement, mais seulement une femme aux cheveux bien peignés, aux yeux bleu-violet, un sourire au coin des lèvres. Que pourrais-je faire contre une précision aussi sévère ? Comment pourrais-je lui faire comprendre, par exemple, que j'étais un arbre ? J'avais à transmettre cette image avec des mots immatériels et informés, à travers l'air - une couronne de branches et de feuilles, magnifique et énorme, telle que je la sentais en moi. Comment aurais-je pu faire ça ?

Je me suis approché du lit, en m'appuyant contre la barre de bois. Il y avait une sorte de certitude dans mes mains, qui irradiait comme si, tout à coup le nœud de mon anxiété s'était abaissé en elles.

Et maintenant ? Entre Edda et moi se tenait vertigineusement le même air pale, impalpable et apparemment inconsistant, dans lequel reposaient pourtant toutes mes forces qui ne pouvaient conduire à rien.

Des hésitations pesant de dizaines de kilogrammes, des silences d'heures entières, des tumultes et des vertiges de chair et de sang, tout cela pouvait entrer dans ce misérable espace sans qu'aucune apparence ne montre sa vraie nature noire et la matière brumeuse qu'il contenait. Dans le monde, les distances n'étaient pas seulement celles que nous voyions de nos yeux, minuscules et perméables, mais invisibles, peuplées de monstres et de timidités, de projets fantastiques et de gestes insoupçonnés, qui, s'ils s'étaient fondus, un instant, dans la matière dont ils tendaient à se composer, auraient transformé l'aspect du monde en un terrible cataclysme, dans un chaos extraordinaire, plein de malheurs terribles et de bonheurs extatiques.

À ce moment-là, en regardant Edda, peut-être que la matérialisation de mes pensées aurait en effet abouti à ce simple geste qui me brulait la cervelle ; de soulever le presse-papier de la table (je l'ai regardé du coin de l'œil, c'était un noble casque médiéval) et de le jeter dans Edda, et comme résultat immédiat, un formidable jaillissement de sang de sa poitrine, vigoureux comme le jet d'un robinet, remplissant la pièce de sang, lentement, jusqu'à ce que je sente, d'abord, mes pieds cligner dans le liquide tiède et collant, puis mes genoux, et puis, comme dans les films à sensation américains, où un personnage est condamné, à m'asseoir dans une pièce hermétiquement fermée où l'eau montait toujours - à sentir soudain le sang monter à ma bouche, le goût salé, agréable et me noyer...

J'ai commencé à bouger mes lèvres involontairement et à avaler sèchement.

- « T`as faim ? », m'a demandé Edda.

- « Ecoute, Edda, il y a quelque chose de fondamentalement simple et vraiment simple... Excuse-moi de te le dire, mais je... »

J'ai voulu ajouter… « Je suis un arbre », mais cette phrase n'avait aucune valeur puisque j'avais envie de boire du sang. Elle gisait fanée et flétrie au fond de mon âme, et j'étais moi-même surpris qu'elle eût autrefois eu une certaine moindre importance.

- « Voici le souci, Edda, je suis désolé, je me sentais faible et brisée. Ta présence me fait toujours du bien, c'est suffisant de te voir... Es-tu contrariée à ce sujet ? »

-   « Pas du tout... », répondit-elle et se mit à rire.

J'avais envie de commettre quelque chose d'absurde, de sanglant, de violent. J`ai rapidement attrapé mon chapeau.

-   « Maintenant, je m'en vais. »

En un instant, je descendis l'escalier en courant.

C'était maintenant certain. Le monde avait un aspect commun de lui-même, au milieu duquel j'étais tombé comme une erreur, je ne pourrais jamais devenir un arbre, ni tuer personne, jamais le sang ne jaillira en vagues. Toutes les choses, tous les hommes étaient emprisonnés dans leur triste et petite obligation d'être exacts, rien que précis. En vain aurais-je pu croire qu'il y avait des dahlias dans le bol, quand en effet il y avait une écharpe. Le monde n'avait pas le moindre pouvoir de changer, il était si mesquin dans son exactitude qu'il ne pouvait pas se permettre de prendre des foulards comme des fleurs...

Pour la première fois, j'ai senti ma tête serrée contre le squelette et mon crâne, horriblement et douloureusement emprisonnée...

.

# XI.

Cet automne-là, Edda tomba malade et mourut. Tous les jours précédents, toutes mes pérégrinations sans but, toutes mes questions laborieuses et tourmentantes s'étaient entassées dans la douleur et le tumulte d'une seule semaine comme dans ces liquides où le mélange de plusieurs substances condense tout à coup la violence d'un poison puissant.

À l'étage, le silence descendit d'une rangée de décibels. Paul avait réussi à trouver, dans je ne sais quelle armoire, un vieux pardessus et une cravate miteuse, rasée jusqu'au fil, nouée autour du cou comme une ficelle. Elle avait une couleur violacée, comme un voile laissé comme une marque, par des nuits blanches, sur la joue.

- « Toute la nuit, il a souffert », m'a-t-il dit. « Hier, j'ai de nouveau demandé au médecin ce qu'il en pensait et il m'a tout dit, toute la vérité. C'est comme si une explosion s'était produite dans les reins, m'a dit le médecin. Il est extrêmement rare que cette maladie se produise avec autant de virulence, et si soudainement. Elle s'insinue généralement lentement, avec des symptômes annonciateurs ; bien avant que cela ne devienne sérieux. C'est une véritable explosion dans les reins ; une vraie explosion ».

Paul parlait rapidement, mais avec de grandes interruptions, comme s'il voulait, entre deux mots, laisser le temps à une douleur aiguë de se recroqueviller en lui et de se perfectionner.

Il faisait sombre dans le bureau d'en bas comme dans une grotte ; le vieux Weber, la tête dans un registre, mettait en scène, pour soi-même, l'illusion d'être pris...

Tous les matins, le docteur venait d'un pas silencieux et, traversant les chambres, emmenait avec lui les trois Weber.

Je les suivais, parlant à Ozy. Nous n'avions pas joué notre jeu imaginaire depuis longtemps et maintenant cela aurait été une merveilleuse opportunité.

Si seulement nous pouvions parler de la maladie d'Edda, comme si de rien n'était !

En montant l'escalier, j'ai pensé à l'extraordinaire possibilité d'un jeu dirigé par Ozy, auquel participeraient le docteur, Paul Weber et le vieil homme. Au moins une fois, laissons le bossu mener, vraiment, une scène imaginaire et inexistante. Quand je suis monté à l'étage, j'ai eu envie de crier : « Maintenant ça suffit, c'est fini. Bien joué, Paul avait un masque vraiment impressionnant, l'on voyait le vieux Weber souffrir, mais maintenant ça suffit, c'est fini, s'il te plaît, dis-leur, Ozy, que tu abandonnes le reste... »

Mais tout était trop bien arrangé pour que ça s'arrête en haut de l'escalier...

Pendant que le docteur entrait chez Edda, le vieux Weber, Ozy et moi restâmes dans la pièce voisine.

C'était peut-être la première fois de sa vie que le vieux Weber essayait de contenir une grande émotion. La tête penchée sur le fauteuil, il regardait d'un air impersonnel et vague, comme s'il ne savait pas et n'attendait rien, enfin, comme les grands acteurs qui ont tendance à achever leur rôle par un détail nouveau. Il se leva de son fauteuil et alla voir un tableau sur le mur de plus près. Mais comme le grand acteur qui, épaississant trop sa voix pour une tirade tragique, en fait un hurlement ridicule digne des rires de la galerie, le vieux Weber, essayant de jouer le rôle vraiment avec trop de calme, s'est trompé d'effet : pendant qu'il était assis et regardait le tableau, les doigts derrière le dos, il frappait une chaise au rythme de tambourin...

Paul m'a pris la main :

- « Edda veut te voir, viens doucement après moi ».

Dans le lit aux draps blancs, Edda était allongée, la tête tournée vers la fenêtre. Les cheveux étaient tendus sur des oreillers, blonds et plus fins qu'auparavant - les maladies ont tant de subtilités. Il régnait dans la chambre une sorte de décomposition blanche des choses, avec beaucoup de lumière, la joue d'Edda disparue en elle, inconsistante.

Soudain, elle tourna la tête.

C'était donc vrai... C'est-à-dire qu'à ce moment-là, quelque chose de si vague, de si clair et de si surprenant se passait en moi que cela aurait pu être une vérité de l'extérieur... La tête d'Edda ressemblait complètement à la tête d'ivoire de mes nuits de fièvre. Cette évidence était si vertigineuse que je pouvais croire avoir inventé à ce moment précis la forme exacte de la vieille tête de tuile, avec cette rapidité de composition des rêves qui bâtissent tout un épisode dès qu'on entend le bruit d'un coup de feu.

J'étais maintenant sûr que quelque chose de violent et de maléfique arriverait bientôt à Edda. C'est peut-être aussi quelque chose que j'ai imaginé plus tard ; en ce qui concerne Edda, j`ai du mal à faire la différence entre ce que j`étais vraiment moi-même et de ce qu'elle était.

Elle essayait de me regarder dans les yeux mais fermait les paupières, fatiguée. Les cheveux, écartés, soulignaient le front jaune comme un bloc de cire. J'étais de nouveau, hermétiquement enfermé en présence d'Edda, dans ce qu'elle représentait maintenant, et de mes nuits de délire. Dans aucune de mes promenades, dans aucune de mes rencontres, je ne pensais vraiment à quelqu'un d'autre qu'à moi-même, il m'était impossible de concevoir une autre douleur intérieure, ou simplement l'existence d'une autre.

Les gens que je voyais autour de moi étaient aussi décoratifs, éphémères et matériels que n'importe quel autre objet, comme les maisons ou les arbres. Devant Edda seulement, pour la première fois, je sentais que mes questions pouvaient s'échapper, et, résonnant dans d'autres profondeurs et dans une autre existence, me revenir en échos énigmatiques et turbulents.

Qui était Edda ? Qu'est-ce que Edda ? Pour la première fois, je me voyais à l'extérieur, parce qu'en présence d'Edda se posait la question du sens de ma vie. Plus profondément et plus authentiquement, elle m'a secoué au moment de sa mort ; sa mort a été ma mort, et dans tout ce que j'ai fait depuis, dans tout ce que j'ai vécu, l'immobilité de ma mort future se projette froide et obscure, telle que je l'ai vue dans Edda.

À l'aube ce jour-là, je me suis réveillé lourd et pierreux, gêné par la présence de quelqu'un près du lit.

C'était mon père qui avait attendu en silence que je me réveille. Quand j'ouvris les yeux, il fit quelques pas dans la chambre, m'apporta une bassine blanche et un verre d'eau pour me laver.

Avec une convulsion douloureuse qui me serra le cœur, je compris ce que cela signifiait.

-   « Lave tes mains », m'a dit mon père, « Edda est morte ».

Il pleuvait à petites gouttes et la pluie ne s'arrêta pas pendant trois jours.

Le jour des funérailles, la boue était plus agressive et sale que jamais. Le vent soufflait des rafales d'eau dans le toit et les fenêtres. Toute la nuit, une chambre resta éclairée à l'étage Weber, où brûlaient les bougies.

Dans le bureau du vieux Weber, tout a été ravagé et écarté pour faire place au passage du cercueil ; la boue pénétrait dans les pièces, triomphante et insinuante, comme une hydre aux innombrables extensions protoplasmiques, je le voyais allongé sur les murs, grimpant sur les gens, montant les escaliers et essayant d'escalader le cercueil.

Le parquet est apparu dans le bureau sous le vinyle qui le recouvrait et a été enlevé : de longues rides de saleté sont apparues, tout comme les rides noires qui s'étaient creusées sur la joue de Samuel Weber.

Autour de ses bottes en gomme grimpait la boue lentement, mais avec ténacité, pénétrant bien sûr à travers sa peau jusqu'au sommet de son cœur, sale, lourde, collante. C'était de la boue et rien d'autre. Il y avait le sol et rien d'autre. Il y avait des bougies et rien d'autre.

- « Mes funérailles seront une série d'objets », m'a dit un jour Edda.

Quelque chose en moi se débattait encore quelque part au loin, comme pour me prouver l'existence d'une vérité supérieure à la boue, quelque chose qui serait autre chose que lui, en vain.

Mon identité était depuis longtemps devenue authentique et maintenant, tout à fait ordinairement, elle ne faisait que s`inspecter elle-même : il n'y a rien d'autre au monde que de la boue. Ce que je prenais pour de la douleur n'était en moi qu'un léger bourdonnement, une extension protoplasmique façonnée par les mots et la raison.

Dans l`âme de Paul coulaient les gouttes comme dans un récipient sans fond - des vêtements coulaient sur lui, des mains, flottant lourdement pendantes, lui courbant le dos. Des larmes coulaient sur ses joues sales, en longs filaments comme de l'eau sur les carreaux.

Lentement, en se balançant sur les épaules des gens, le cercueil passa devant le navire de Samuel Weber, devant les vieux registres et les dizaines de bouteilles d'encre et de médicaments découverts lors du décrassage du bureau. Les funérailles étaient une simple suite d'objets...

Puis il y avait quelques détails supplémentaires, venus de l'au-delà de la vie : dans le cimetière, lorsqu'ils ont retiré le corps du cercueil enveloppé dans des draps blancs, les draps portaient la marque d'une grande tache de sang.

C'était le dernier et le plus petit détail avant le sous-sol du cimetière chaud, moisi, et plein de corps jaunes et mous comme de la gélatine... purulents...

Quand, encore et encore, je pense à ces quelques choses, essayant vainement de les envelopper ensemble en quelque chose que je pourrais appeler ma personne ; quand, en me souvenant d'eux, le bureau du vieux Weber devient soudain la pièce où je respire la moisissure et l'odeur des vieux registres – juste pour un moment précis – et la chambre disparaît aussitôt. A sa place, une pièce actuelle apparait et me pose le même problème douloureux, de la façon dont les gens passent leur vie, comment ils se servent, par exemple, de chambres, ou se sentent comme un corps étranger, ramifiés comme une fougère et inconsistants comme de la fumée, ou soudain, une odeur particulière, comme l'odeur profondément énigmatique de la moisissure, quand les événements et les gens se déroulent et se referment dans mon cœur comme des éventails, quand ma main essaie d'écrire cette étrange et incomprise simplicité... Alors c'est là le moment où il me semble, pour un instant, comme un forçat qui réalise une seconde la mort qui l'attend (et voudrait que son combat soit différent de toutes les luttes du monde, réussissant à le libérer), que de tout cela émergera soudain chaleureux et intime un fait nouveau et authentique qui me résumera, clairement comme un nom et qui résonnera en moi, avec un son unique, génial – le sens de ma vie...

Pourquoi, si ce n'est pour cela ? Pourquoi persiste en moi ce fluide si intime et pourtant si hostile, si proche et pourtant si rebelle à sa capture, qui se transforme dans les yeux d'Edda, ou dans les épaules courbées de Paul Weber, ou dans le détail excessivement précis du robinet d'eau, dans le couloir d'un hôtel... ?

Pourquoi le souvenir des derniers jours de l'Edda me vient-il clair maintenant ? Pour quoi et qui, demander dans un autre sens (et les questions peuvent se développer de manière chaotique dans des milliers et milliers de significations différentes comme dans ce jeu d'enfance où je pliais un papier taché d'encre et appuyais fort pour que l'encre se répande, autant que possible, révélant lorsque j'ouvrais le papier les contorsions les plus fantastiques et insoupçonnées d'un dessin bizarre) pour quoi et qui, est-ce que ce souvenir me revient et pas un autre ?

À chaque souvenir incompréhensible et précis, je me rends compte, comme une douleur violente d'un malade qui laisse de côté ses petits embarras d'inconfort momentané, comme une mauvaise position des oreillers, ou l'amertume d'un médicament, comme une douleur, par conséquent, qui enveloppe et englobe tous mes autres malentendus et angoisses, je dois me rendre compte que, aussi mesquin et incompréhensible qu'il se présente, chaque souvenir est toutefois unique, dans le sens le plus pauvre du mot, et qu`il s'est produit dans ma vie linéairement, d'une certaine manière, d'une certaine exactitude, sans possibilité de modification et sans le moindre écart par rapport à sa propre précision.

- « Ta vie a été comme ça et pas autrement », dit-elle.

Et dans cette phrase se trouve l'immense nostalgie de ce monde enfermé dans ses lumières et ses couleurs hermétiques dont aucune vie n'est autorisée à extraire autre chose que l'apparence d'une banalité exacte.

C'est en elle que réside la mélancolie d'être unique et limité ; dans un monde aride, singulier et mesquin.

Parfois, la nuit, je me réveille d'un terrible cauchemar. C'est mon rêve le plus simple et le plus effrayant.

Je rêve que je dors profondément dans le lit où j'ai dormi la nuit précédente. C'est le même décor de la nuit et l'heure à peu près exacte. Si, par exemple, le cauchemar commence au milieu de la nuit, il me place précisément dans l'obscurité et le silence qui règnent à cette heure-là. Je vois dans mon rêve et je sens la position dans laquelle je suis, je sais dans quel lit et dans quelle chambre je dors, mon rêve se moule comme une peau fine et frêle sur ma vraie position et mon sommeil à ce moment-là, à cet égard on pourrait dire que je suis éveillé : je suis éveillé, mais je dors et rêve mon état de veille. Je rêve aussi de mon sommeil à ce moment-là.

Et soudain, je sens le sommeil s'approfondir, devenir plus dur et m'entraîner dans ses filets.

Je veux me réveiller et le sommeil pèse lourdement sur mes paupières et mes mains. Je rêve que je m'agite, que je bouge mes mains, mais le sommeil est plus fort que moi et après avoir lutté pendant un moment, il me faut plus de force et de ténacité. Puis je me mets à crier, je veux résister au sommeil, je veux que quelqu'un me réveille, je me frappe violemment pour me lever, j'ai peur que le sommeil m'enfonce trop profondément, d'où je

168

ne pourrai jamais revenir, je supplie d'être aidé et secoué...

Finalement, mon dernier cri, celui qui était le plus fort, me réveille. Je me retrouve soudain en train de me débattre dans ma chambre réelle qui est identique à la chambre de mes rêves, dans la position dont je rêvais, à l'heure que je soupçonnais être la bonne dans mon cauchemar.

Ce que je vois maintenant autour de moi diffère très peu de ce que je voyais une seconde auparavant, mais il y a je ne sais quel air d'authenticité, qui flotte dans les choses, en moi, comme une fraîcheur soudaine de l'atmosphère en hiver, qui augmente toutes les sonorités, de manière brutale...

Quel est le sens de ma réalité ?

Autour de moi revient la vie que je vais vivre jusqu'au prochain rêve. Les souvenirs et les douleurs présentes pèsent lourdement en moi et je veux leur résister, ne pas tomber dans leur sommeil, dont je ne reviendrai peut-être jamais...

Je lutte maintenant dans la réalité, je crie, je supplie d'être réveillé, d'être réveillé dans une autre vie, dans ma vraie vie. Il est certain qu'il fait jour, que je sais où je suis et que je suis vivant, mais il manque quelque chose à tout cela, comme dans mon terrible cauchemar.

Je me débats, je crie, je m'agite. Qui va me réveiller ?

Autour de moi, l'exacte réalité me tire de plus en plus bas, essayant de me couler. Qui va me réveiller ?

Ça a toujours été comme ça, toujours, toujours.

# SUR L'IRREALITE IMMEDIATE

Comment expliquer le concept d'irréalité immédiate ? Par le fantasme. L'idée désigne la perception d'une réalité différente de celle communément admise, une réalité qui se dérobe et se transforme au gré de l'imagination. Le fantasme est le moyen privilégié pour accéder à cette dimension, car il permet de créer des images et des situations qui défient les lois de la logique et de la causalité. Le fantasme lui-même est donc une aventure dans l'irréalité immédiate, une exploration des possibles et des impossibles, une quête de sens et de finalité.

La relation intrinsèque entre l'esprit et le corps est un mystère qui a fasciné les philosophes depuis l'Antiquité. La conscience et la carcasse charnelle semblent parler des langages différents, inaccessibles l'un à l'autre. Pour que l'âme puisse comprendre les messages du corps, elle a besoin de l'imagination, qui lui fournit des images et des représentations. C'est ce qu'Aristote appelait la fantaisie, au sens interne, en affirmant que « l'intellect même a le caractère d'un fantasme ».

Plus tard, Thomas d'Aquin reprendra cette idée, en soutenant que « déchiffrer et comprendre sans recourir aux fantasmes est hors de la nature de l'âme ». Selon lui, l'esprit ne peut pas accéder directement aux réalités intelligibles, mais il doit passer par les sens et les fantasmes, qui représentent les traces des objets sensibles dans l'imagination. Ainsi, la fantaisie devient le lien entre le corps et l'esprit, entre le sensible et l'intelligible, entre le réel et l'idéal.

Puisque le vocabulaire du langage de l'âme est constitué par des fantasmes, le langage articulé propre au corps doit être transposé dans une séquence fantastique. Dans cette relation, l'âme a sans aucun doute une primauté absolue sur le corps. L'imaginaire prime sur le mot. Il précède l'articulation et la compréhension de tout message linguistique.

Ioan Petru Couliano (philosophe et historien des religions) développait l'idée, en jugeant que c'est l'activité pneumatique, celle de l'esprit sidéral, qui, grâce à un appareil de physiologie subtile, facilite la communication entre l'esprit et le corps. Sans ce « pneuma astral », l'âme et le corps seraient complètement inconscients l'un de l'autre. Le siège de cet appareil est dans le cœur. Le dispositif cardiaque code les messages venant du corps, utilisant l'arborescence de ses cinq sens pour les rendre compréhensibles à l'âme. Le codage se fait en séquences fantastiques qui dévoilent la sagesse ésotérique sur la nature de la conscience et de la réalité.

Les textes gnostiques, comme « L'Evangile selon Thomas », nous invitent à nous ouvrir à la dimension symbolique de la réalité, en cherchant les cinq arbres au Paradis, qui se trouvent peut-être en nous-mêmes, dans notre âme, dans notre corps, dans notre relation au monde « Si vous devenez mes disciples et prêtez attention à mes paroles, ces pierres vous serviront. Car il y a cinq arbres au Paradis pour vous. Ils ne changent pas, été comme hiver, et leurs feuilles ne tombent pas. Celui qui les connaît ne goûtera pas la mort… » (Logion 19). La vie éternelle n'est pas une prolongation indéfinie de l'existence, mais une plénitude de sens, qui commence ici et maintenant, dans l'irréalité immédiate.

Le soi est une invention. La réalité elle-même est une fiction, une image virtuelle, avec des personnalités fabriquées, des événements inventés, et l'imaginaire, lui-même personnage de la série, sait qu'au lieu que l'art reflète la vie, c'est la vie qui s'aligne sur l'art. Jung, le célèbre psychanalyste, s'intéressait aux symboles et aux mythes, qu'il considérait comme des expressions de l'inconscient collectif, cette mémoire profonde de l'humanité qui transcende les cultures et les époques. Pour lui, les symboles sont des ponts entre le visible et l'invisible, entre le conscient et l'inconscient, entre le moi et le Soi.

Les arbres éternels du Paradis (les cinq sens) ne subissent pas les variations du temps ni les vicissitudes de la nature. Leur feuillage persistant est un signe de vie et de sagesse. Celui qui les contemple avec son cœur et son esprit, accède à une connaissance supérieure, qui le libère de la peur de la mort.

Chez Max Blecher, c`est le paradigme du rêve et du déraillement vers l'hallucination qui fait office de force transcendantale pour apprivoiser les angoisses. « Les mots communs ne sont pas valables à certaines profondeurs de l'âme. J'essaie de définir exactement mes crises et je ne trouve que des images. Le mot magique qui pourrait les exprimer devrait emprunter quelque chose à l'essence d'autres sensibilités de la vie, distillant à partir d'eux comme un nouveau parfum d'une composition savante... », réfléchit, à un moment donné la voix narrative dans le livre de Blecher. Le glissement dans le délire du réalisme magique, dans les oasis de lyrisme et de prose poétique se transforme en véritable initiation narrée, cachée sous le voile de l'intérieur fantastique. Il s'agit d'un étrange mélange déclenchant la projection d'un monde inaccessible à la raison et établissant, épisodiquement, le sentiment que dans l'ombre du monde sensible, quelque part à l'intérieur abyssal de l'homme, se cache la « vraie » vie.

# MAX BLECHER

Ses parents s'appelaient Lazar et Bella BLECHER. Le grand-père était d'origine espagnole, ses prédécesseurs étaient arrivés en Roumanie depuis des générations. Marcel (le futur Max) est né dans le nord de la Roumanie, à Botosani, près de la future frontière avec l`Ukraine, en 1909, deux ans seulement après l'événement tragique de l'Emeute paysanne de Flamazi, qui a fait plus de 11 000 morts.

Elève brillant, doué d`un exquis talent d'écrivain et d'une imagination fertile, Max se lance dans la littérature dès ses 12 ans. Sa nature délicate le rend vulnérable. A 16 ans, il est victime d'un accident qui change radicalement et irrémédiablement sa vie. Sa sœur se rappelle : « (…) un jour, il rentra avec d'atroces douleurs au dos, dans la région lombaire. Il est allé jouer au football et un copain lui a donné un violent coup de pied. A cette époque, les garçons portaient des bottes à crampons et le coup a été dur. Il est resté au lit pendant un certain temps, les médecins lui ont prescrit des compresses et des analgésiques, puis il a été traité avec des sulfamides. Il y avait des périodes où il allait mieux et menait une vie normale, d'autres où il était alité et la maladie progressait ».

Max suit les cours d'un établissement d'élite, le Lycée Roman-Voda, à Roman et, après avoir obtenu son baccalauréat, il part étudier la Médecine à Paris. Quelques mois plus tard, en 1928, l'on lui diagnostique une tuberculose vertébrale (maladie de Pott) et il est contraint de tout abandonner.

A 19 ans, une nouvelle vie commence. Une vie de souffrance et de désespoir. Une descente en enfers, vers le monde des damnées aux épines vertébrales rongées par la tuberculose.

Au milieu des ténèbres écrasantes de sa maladie, Max trouve du réconfort dans l'écriture. Confiné au lit, dans un corset en plâtre, il se fait soigner dans divers sanatoriums européens : en France (à Berck-sur-Mer, L'Institut Saint-François de Sales), en Suisse (Le Sanatorium universitaire de Leysin) et en Roumanie (Saint Vincent de Paul à Bucarest et Techirghiol à L'Ephorie des Hôpitaux Civils). « La maladie commence à faire de moi un professionnel de l'émotivité et des susceptibilités. J'ai atteint la phase qui me faisait le plus peur : assister à sa propre dégringolade

», note-il avec lucidité.

Dans le tumulte des symptômes débilitants qui l'immobilisent, prisonnier dans sa coquille de plâtre d'Abbott, piégé hermétiquement dans son armure rigide, la littérature devient pour lui un moyen d'échapper à la réalité sordide qui était devenue son combat quotidien.

Max Blecher, alité, au milieu

Ses œuvres (« Corp transparent », « Aventures dans l'irréalité immédiate », « Cœurs cicatrisés » et « Le terrier éclairé - Journal du sanatorium ») témoignent de l'esprit indomptable d'un écrivain qui refuse de s'abandonner à son affliction. Il explore souvent la frontière floue entre le rêve et la réalité. Son expérience de la maladie et de l'isolement alimente un tournant intense et souvent surréaliste de la réalité subjective. Le monde extérieur est vu à travers un prisme de lumière (souvent blanche et rouge), projetant des images surréalistes et oniriques.

Imaginons la maladie comme un prisme, un objet de verre transparent qui, sous l'effet de la lumière blanche, révèle une myriade de couleurs. Chaque couleur représente un aspect différent, une facette de notre compréhension. Le rouge, intense et vibrant, symbolise la douleur aiguë, l'inflammation, la fièvre - les signes visibles du malheur. Mais il y a aussi des nuances plus subtiles, des teintes de bleu et de vert qui représentent les aspects moins visibles, comme la fatigue, la dépression, l'anxiété. Comme un prisme transforme la lumière blanche en un arc-en-ciel de chromatique, sa maladie a transformé sa perception du monde.

Le Sanatorium - Leysin, Suisse

Avec l'expérimentation poignante de la douleur, de la souffrance et de l'isolement, sa vie se déplace vers sa conscience intérieure,

178

un terrier éclairé où la réalité est indiscernable de la fantaisie. Ses œuvres offrent un aperçu profond et déchirant du sinueux chemin vers la mort par un voyage fascinant vers la réalité subjective, dévoilant comment notre perception du monde peut être façonnée par nos expériences et nos états émotionnels.

Sa maladie progresse. Elle est de plus en plus invalidante. Max sent la mort roder et demande à son père de l'emmener à la maison, à Roman.

Il succombe aux ravages de la tuberculose osseuse, à l'âge de 29 ans. Avant de partir, il appelle sa maman : « J'ai vécu en 29 ans que d'autres en 100. J'ai voyagé, j'ai vu, j'ai écrit. (...) Oubliez-moi ! (...) Il vaut mieux pleurer sur une tombe que de plaindre un souffrant. »

8 Septembre 1909 - 31 Mai 1938

Signature gravée sur la tombe de Max BLECHER, Cimetière juif de Roman, Département de Neamț, Roumanie